KB272165

이것이
마법사 비장의 수
2. 용 소녀

INDEX

This is wizard's last card.

2.
용 소녀
This is
wizard's last
card.

2

이것이 마법사의 비장의 수

용 소 녀

This is wizard's last card.
Taro Hitsuji
illustration
Kurone Mishima

2

서장 알

"……사람 다리는 왜 두 개지? 세 개면 하나 먹어도 되는
데……."

릭스는 굉장히 배가 고팠다.
이미 열흘 가까이 아무것도 먹지 못했다.
배가 너무 고픈 나머지 사고방식이 문어가 되어 버렸다.

시간을 조금 거슬러 올라, 릭스가 아직 용병이었던 시절.
너덜너덜한 가죽 갑옷을 입고 닳디닳은 검을 든 릭스가
비실비실 배회하는 그곳은 끝없이 펼쳐진 대황야였다.
사방 어디를 둘러봐도 무한한 모래밭과 무수한 바위산.
식물이라고는 마른풀밖에 없고, 이렇다 할 특징도 없는 풍
경이 지평선 끝까지 이어졌다.
이제는 방향도, 자신이 어디를 향해 걷는지도 모르겠다.
릭스가 소속한 블랙 용병단이 동부 분쟁 지대의 한 지방
영주 고드릭에게 고용되어 서크스 황야 회전(會戰)에 참전
한 것은 2주 전의 일이었다.

우군은 첫날 처참하게 형편없이 찍소리도 못 하게 깨져 괴멸.

블랙 용병단도 살아남기 위해서 뿔뿔이 흩어져 후퇴.

릭스는 당연하게 동료들과 떨어졌고…… 지금 이 상황에 이르렀다.

"……전쟁이란 게 원래 이길 때도 있고 질 때도 있는 법이라지만."

대뜸 릭스는 하늘을 올려다보고…… 참지 못하겠다는 양 소리쳤다.

"상식적으로 고드릭한테 붙는 게 말이 되냐고오오오오오오오오오오! 안 봐도 질 게 뻔했잖아!"

그도 그럴 게 블랙 용병단의 고용주 고드릭은 지휘관으로서 무능 오브 무능으로 유명했다.

생각 없이 여기저기로 전선을 확대하질 않나, 병참을 우습게 여기질 않나, 전투마다 병력을 아낀답시고 축차 투입하질 않나, 주군을 생각해 간언하는 충신을 모조리 처형하질 않나, 정면으로 전군 돌격만 하질 않나…… 엥? 당신 일부러 이러는 거지? 라는 생각이 절로 드는 무능함이었다.

애초에 고드릭은 백성의 고혈을 쥐어짜서 날마다 주지육

림을 즐기고, 주변국 및 부족들에게 부당한 침략 전쟁과 약탈 행위를 일삼았으며, 불가침 조약을 밥 먹듯이 어겨 온 세상을 적으로 돌리는 등 멍청함의 극치를 보여 줬다.

「악덕 영주를 타도하라! 압제에 고통받는 백성을 해방할 때다!」

그렇게 의분에 불타는 주변 국가 연합군에 이길 수 있을 리 없었다.

그런데도 왜 블랙 용병단이 고드릭 편에 붙었는가 하면ㅡ.

『엉? 고드릭 그 바보가 눈 돌아갈 만큼 돈을 얹어 줘서…….』
※블랙 단장 왈

"혼자 하라고오오오오오오오오! 혼자!"
덜렁거리는 칼로 땅을 퍽퍽 내리쳤다.
생각만 해도 열불이 올라왔다.
"그야 편들어 줄 사람이 없으니까 돈은 내겠지! 돈밖에 없으니까! 고드릭이 멍청이라면 우리는 바보야! 쓰레기라고!"
물론 릭스는 반대했다.
지휘관이 무능해도 너무 무능했다. 이번 전쟁은 피아 전력 차이가 현저하며, 대의명분을 가진 적의 사기는 말단 병사에 이르기까지 천원 돌파 상태.
얼마나 고드릭 쪽 상황이 나쁜가.

승산은 거의 없고 잘못하면 목숨이 날아간다.

그리고 목숨은 돈 준다고 리필되지 않는다.

그 사실들을 릭스는 블랙 용병단 동료들에게 조목조목 정성스럽게 설명했다.

처음에 동료들은 『역시 릭스야, 똑똑해!』라며 릭스의 의견에 동조했다.

하지만 블랙 단장이 이번 전쟁으로 나올 보수액을 말한 순간—.

『끼얏하아아아아아아아아아아아—! 돈이다아아아!』※용병 동료A

『멍청이 릭스의 의견 따위 들을 가치도 없지—!』※용병 동료B

『돈은 목숨보다 중하다! 안 죽으면 이득이야!』※용병 동료C

『내 계산에 의하면 한 명당 열 명만 잡으면 100배의 적에게도 이길 수 있어요(당당).』※용병 동료D

『복잡한 이야기는 몰라! 쉽게 말해 이기면 된다는 거잖아아아아!』※용병 동료E

"왜 다들 그렇게 멍청하고 즉흥적인 거야?! 이래서 용병이란 것들으으으은—!"

덜렁거리는 칼로 땅을 퍽퍽 내리쳤다.

생각만 해도 열불이 올라왔다.

"앗…… 잠깐…… 현기증이……."

그때, 릭스가 털썩 무릎 꿇었다.

허기가 한계를 훌쩍 넘어섰더니 의식이 몽롱하고 몸에 힘이 들어가지 않았다.

사고 능력이 떨어지고 자신이 어디에 서 있는지조차 알 수 없었다.

휴대 식량은 진작 바닥났다. 주변에서 뭐라도 식량을 조달해 보려고 했지만, 있는 것이라고는 독초뿐이고 도마뱀은커녕 벌레 한 마리도 보이지 않았다.

이대로 가면 장담컨대 아사한다.

"하하하…… 언젠가 전쟁터에서 쓰러질 건 각오했지만…… 아사는 좀……."

릭스가 인생 얄궂다는 듯 헛웃음 짓고 흐릿한 눈으로 땅을 멍하게 바라보는데…….

"응……?"

불현듯 **그것**을 알아챘다.

땅에 절반 이상 묻혀 머리만 살짝 나와 있는 **그것**을.

"어라……? 이거 설마……?"

릭스가 마지막 힘을 쥐어짜서 칼을 삽 삼아 **그것**을 파냈다.

곧 릭스 앞에 모습을 드러낸 것은—.

"……알이다……."

그렇다, 알.
겉에 이상한 무늬가 들어간 알.
특기할 만한 점은 그 알이 이상하게 크다는 것. 거의 인간 아이만 했다.
하지만 지금 중요한 건 그게 아니다.
"알이다아아아아아아아아아아아─! 이거야말로 하늘이 내려 준 은총!"
중요한 건 그게 거대한 알이고, 굶어 죽기 직전인 릭스 앞에 나타난 구세주라는 것이었다.
"좋아! 무슨 알인지 몰라도 이 크기면 며칠은 버틸 수 있어! 당장 먹자아아아아아아아아아아─!"
환희의 함성을 외친 릭스가 마지막 힘으로 마른 가지를 모아 불을 지피려던…… 그때였다.
쩍.
갑자기 릭스 앞에서 알에 한 줄기 금이 가고.
쩍. 쩍. 쩌적…….
그 금이 알 전체로 퍼지더니…….

쩌억! 팡!

곧 알이 완전히 깨지고 껍데기 파편이 사방으로 튀었다. 그리고 안에서 **그것**이 나타났다.

"어……?"

그 광경을 본 릭스는 넋이 나갔다.

그것은…… 소녀였다.

겉으로 봐선 릭스보다 연하일까. 소녀보다 여아에 가까웠다.

기복 적은 청초하고 미성숙한 신체. 비단처럼 고운 피부. 얇은 팔다리. 햇빛을 받아 불타듯 빛나는 볼륨감 있는 금발.

얼굴은 여린 장난꾸러기 요정처럼 아름답고, 커다란 보석 같은 에메랄드그린색 눈동자는 멍하게 땅바닥을 헤맸다.

그런 소녀가 실오라기 하나 걸치지 않은 채 안짱다리로 앉아 있었다.

"아……?"

릭스는 허기로 몽롱한 의식 속에서 어안이 벙벙할 수밖에 없었다.

마치 백일몽을 보는 것처럼 현실미가 없었다.

"……?"

이윽고 소녀는 서서히 정신이 드는지 주변을 두리번거리기 시작했다.

그리고— 소녀 앞에서 넋이 나간 릭스와 눈이 맞았다.

"……."

“…….”
서로 맞선 자리처럼 굳어 있길 수십 초.
공허하던 소녀의 눈동자에 빛이 깃들었다.
그녀는 싱긋 웃으며 릭스에게 이렇게 말했다.

“형님!”

이게 릭스의 용병 동료이자 아우— 트랜과의 만남이었다.

————.

—여담.
릭스와 트랜의 충격적인 만남으로부터 1분 후.

“응? 왜 형님이 형님이냐고요? 나한테는 동생이 없다고요? 뭘 당연한 걸 묻슴까! 형님이 형님이니까죠! 으음…… 트랜도 잘 모르지만, 형님은 트랜의 형님임다! 뭔가 머리로 따질 게 아니라, 트랜의 영혼에 감이 팍 왔슴다! 그러니까 형님! 앞으로 평생 형님을 따가가겠슴다! 트랜의 목숨은 형님 겁니다! ……네? 좋다고요?! 형님이라면 그렇게 말해 줄 줄 알았슴다! 감사함다! 사랑해요, 형님! ……저기, 그런데 형님? 왜 트랜의 팔다리를 봉에 묶고 장작 위에 매달죠?

세상이 거꾸로 보여서 좀 어지러운데……. 어라? 형님이 지금 꺼낸 그거, 부싯돌 아님까? 저기, 그 장작에 불을 붙이면 트랜이 통구이가 되는데요……? 으음, 앗! 형님, 트랜을 잡아먹으려고요?! 아하하하! 장난도 정말! 그야 트랜의 목숨은 형님 거라고 했지만, 그런 뜻이 아니라— 앗뜨거?! 등이 왜 이렇게 뜨거워어어?! 형님?! 잠시만! 불붙었어?! 불붙었는데요오오오오오오—?!"(버둥버둥)

제1장 앞날이 깜깜

그날, 에스토리아 마법 학원은 열기와 활기로 가득했다.

"1학년 여러분~! 비행술부예요~! 우리와 함께 스카이링으로 즐거운 학창 생활을 보내지 않을래요~?! 미경험자도 대환영이에요~!"

"우리는 격투부다! 1학년 제군! 남자라면! 마술사라면! 강해지고 싶을 테지?! 물론 여자도 대환영이다! 함께 최강을 노려 보자!"

"점성술부입니다! 1학년 여러분, 함께 우리가 나아가야 할 운명을 알아봅시다!"

학원 야외 공간 곳곳에서 상급생들이 부스를 설치하고 지나가는 1학년에게 끊임없이 권유했다. 부스 안에서는 동아리 활동을 설명하거나 담소를 나눈다.

1학년은 모두 즐거운 기색으로 다음에는 어느 동아리 부스로 갈지, 무슨 동아리에 가입할지 고민하며 이곳저곳을 돌아다녔다.

그런 1학년들 사이에— 릭스가 있었다.

“좋아! 찾아보자아아아아! 나에게 어울리는 동아리를! 학생다운 청춘을 보내는 거야아아아아아아아아아—!”

릭스는 끓어오르는 열의로 눈에 불을 지피며 어느 동아리 부스로 쳐들어갈지 주변을 마구 두리번거렸다.

그 행동이 과해서 무척 수상쩍고 몹시 징그러웠다.

“오, 릭스는 의욕 충만하구만.”

“뭐든 열심히 하는 게 릭스의 좋은 점이야.”

랜디와 애니는 그런 릭스를 조용히 따스한 눈빛으로 지켜봤다.

“그보다 릭스는 이번에 어느 동아리에든 들어가야 하지 않나? 오히려 들어가지 않으면 위험하니 눈에 불을 켤 만도 해.”

“저엉말— 바보 같아.”

세레피나와 시노는 그런 릭스를 어이없게 바라봤다.

방과 후 과외 활동— 즉, 동아리 활동은 기본적으로 강제가 아니다.

실제로 많은 일반 학교가 그러하듯 무소속— 흔히 귀가부를 선택하는 사람은 에스토리아 마법 학원에도 제법 있다.

그렇다면 왜 릭스가 이다지도 동아리 활동에 혈안이 됐

는가?

발단은 얼마 전의 일이었다—.

————.

"이대로 가면— 네놈은 퇴학이다."

"왜요?!"

에스토리아 마법 학원의 대도사 다르윈이 무뚝뚝하게 통보하자 릭스의 비통한 외침이 실내에 울려 퍼졌다.

이곳은 에스토리아 마법 학원 학원장실.

방 안쪽의 기품 있는 집무용 책상에는 제이크 학원장이 앉아 있고, 그 책상 앞에는 다르윈과 학원 도사 크로포드가 귀찮은 듯이 서 있었다.

그들에게 호출받은 릭스는 전전긍긍하면서도 그 통보의 진의를 묻지 않을 수 없었다.

"잠깐만요! 대체 왜 저한테 이런 부당한 처사를?!"

"네놈이 굼벵이에 너무 멍청하기 때문이다. 내가 몸서리가 쳐질 만큼 아둔하기 때문이다. 이미 살아 있을 가치도 없어. 이 세상의 자원은 산소조차 네놈에게 할애하기 아까워. 순순히 사라져라. 그게 지금 네놈이 세상에 할 수 있는 유일한 공헌이자 최대한의 기여다."

"당신 그 막말! 장담하는데 언젠가 등에 칼 맞는다?!"

여전히 칼처럼 날카로운 말로 푹푹 쑤셔 대는 다르윈에게 릭스가 눈물을 머금고 부르짖었다.

"하하하! 오늘은 웬일로 유하군, 다르윈 군!"

"뭐…… 아직 1학년이니까 많이 봐줬다는 건 알겠어."

"지금 그게?!"

제이크 학원장과 크로포드 선생님의 짧은 감상에 릭스는 다시금 충격받았다.

"그렇지만 그렇게 통보하면 릭스 군이 전혀 이해하지 못할 테지! 그러니까 크로포드 군! 자네가 대신 설명하게!"

"네? 제가요? 하아…… 귀찮게……. 어떻게 말해야 하지……."

크로포드는 더벅머리를 벅벅 긁으면서도 릭스에게 돌아섰다.

릭스는 그런 크로포드를 결연한 각오가 담긴 눈으로 똑바로 노려봤다.

"크로포드 선생님, 미리 말해 둘게요. 물론 저는 평범한 스피어를 못 열어요. 열등생이라고 욕먹어도 할 말 없어요. 하지만 그건 이미 진작에 해결된 문제죠?"

"그건…… 뭐…… 응."

"대체 학원 상층부에서 무슨 말이 나왔는진 몰라도 저…… 부당한 횡포에는 철저하게 저항할 겁니다? 싸울 겁니다?"

"있지, 릭스 군. 너의 그 특수한 스피어를 고려해 마법 실기 시험에서는 사정을 봐줬어. 그래도 얼마 전 모든 수업에서 이루어진 중간 지필고사 성적이 학원 역사상 최악의 밑바닥 쓰레기야……. 기말고사에서 만회도 불가능할 만큼. 이 정도로 나쁘면 아무리 편의를 봐줘도 구제가 안 돼. 그러니까 연말에 하는 진급 판정 고사에서 넌 거의 확실하게 퇴학당할 거야. 미안."

"젠장! 부당하긴커녕 더없이 정당한 이유잖아!"

싸우기 전에 패망했다는 사실을 깨달은 릭스는 머리를 쥐어뜯었다.

"네놈처럼 굼뜨고 무가치한 쓰레기는 수억 에스토를 준다고 해도 편의를 봐줄 마음 따위 추호도 없지만."

"지금 이 순간만이라도 좋으니까 시체 패기 그만해 주실래요?!"

"하하하! 다르윈 군은 규칙에 아주 엄격하고 공평하니까 말이야! 왕후장상이 와도 봐줄 리 없지!"

울먹이며 부르짖는 릭스에게 제이크 학원장은 아무 도움도 안 되는 위로를 건네며 호쾌하게 웃었다.

"그나저나…… 나는 이해가 안 가는데."

그때 크로포드가 귀찮은 표정으로 머리를 긁적이며 중얼거렸다.

"솔직히 기말이면 모를까, 중간고사는 그렇게 어렵지 않

아. 그냥 성실하게 공부하면 누구나 합격할 수준이야. 그런데 왜 이렇게 성적이 나빠……?”

“그렇죠?! 나는 그냥 성실하게 공부했는데 왜?! 최근에는 그 어렵다는 구구단까지 외웠는데……!”

“앗…… 너, 그런 수준?”(눈치)

“그냥 죽어라, 굼벵이.”

“너무해!”

여전히 날이 선 다르윈의 매도에 릭스가 다시 부르짖었다.

“그나저나 그렇단 말이지…… 이야기를 듣는 한 역시 태생적 차이가 큰 것 같다!”

여기서 제이크 학원장이 입을 열었다.

“릭스 군! 조사해 보니 너는 철들었을 때부터 용병이었다지?!”

“네?! 앗, 네…….”

“흠! 그렇다면 초등 교육도 제대로 받지 못했을 것으로 보이는군! 사실 이 에스토리아 마법 학원의 입학시험에는 기초 마법 지식을 묻는 과목 말고도 수학과 자연과학 같은 일반 교양 과목 시험이 있다! 특대생이라서 그 시험들을 면제받은 네가 다른 학생보다 기초 지식이 크게 부족해도 어쩔 수 없지!”

“그렇죠?!”

“그래! 하지만 규칙은 규칙이다!”

릭스의 기대를 단칼에 자르듯 제이크 학원장이 말을 이었다.

"아무리 네 태생이 특수하다고 해도 너만 특별 취급할 수는 없는 노릇이지! 진급 자격을 만족하지 못한다면 학원은 너를 퇴학시킬 수밖에 없다!"

"그렇죠?! 큭…… 역시 내게 용병 말고 다른 길은 없는 건가……?!"

릭스가 절망해 머리를 감싸 쥐는데 의외로 제이크 학원장이 이렇게 덧붙였다.

"―하지만, 이미 네게도 소중한 학우들이 있을 테지! 네가 그들과 빛나는 청춘을 함께 누리고 싶어 한다는 건 잘 알아! 나도 어떻게든 해 주고 싶다! 고 생각은 하고 있다!"

"……그래도 규칙은 규칙이죠?"

"그렇고말고! 그래도 방금 말했지? 진급 자격을 만족하지 못한다면 학원은 너를 퇴학시킬 수밖에 없다고! 그렇다면 간단한 문제다! 그 진급 자격을 만족하면 그만이야! 연말에 행하는 진급 판정 고사까지!"

"……네?"

제이크 학원장의 그 말을 듣고 릭스가 고개를 들었다.

"진급 자격이란 그 학생이 마술사로서 다음 단계로 올라설 자격이 있는지 판단하는 종합 평가다! 물론 각 교과 시험이나 학점도 진급 평가에 큰 영향을 주지만, 사실 그게 전부는 아니야! 예를 들면 과외 활동— 이 학원에는 실로 다양한 동아리가 있고, 동아리에 소속한 학생들은 매일 방과 후 독자적인 활동과 공부에 힘 쏟는데…… 이 과외 활동에서 눈부신 성과를 거둔다면 학원 측에서도 진급 평가에 반영해 줄 의향이 있어!"

"정말요?!"

"그래, 학원장님이 하는 말은 정말이야."

놀라서 눈을 번쩍 뜬 릭스에게 크로포드가 귀찮은 투로 보충했다.

"실제로 그렇게 퇴학을 면하고 진급한 학생이 과거에도 꽤 있어. 심지어 3년을 내리 그 방법으로 밀어붙이는 범상치 않은 녀석도. 마술사에게 이론 공부는 필요하지만, 장래에 마술사로 대성할지 어떨지는 지식만으로 정해지지 않아. 그래서 귀찮은 거지만."

"흥…… 나 개인은 만인이 엄수해야 할 규칙에 그런 회색 영역을 두는 걸 받아들일 수 없지만, 크로포드의 말에 일리가 있다는 건 인정한다."

무척 못마땅해 보이지만, 다르윈조차 그렇게 말했다.

"덧붙여 말하자면 1학년에게 동아리 활동이 허가되는 시기는 중간고사 시험지를 돌려주는 날부터다! 오늘부터 상급생들의 동아리 선전도 본격화되겠지! 릭스 군도 동아리 가입을 검토해 보는 게 어떤가?!"

선생님들이 보여 준 대안에서 희망을 찾은 릭스는 눈을 초롱초롱 빛내며 호기롭게 선언했다.

"알겠습니다! 저…… 지금 당장 동아리에 들어갈게요! 그리고 뭔진 잘 몰라도 그 눈부신 성과란 걸 거둬서 보여 드리겠습니다! 만약 제가 그걸 이루면! 그리고 그게 선생님들이 인정할 수준이라면…… 저를 이 학원에 계속 남겨 주십시오!"

"하하하! 물론이지! 기대하마, 젊은이!"

"결론이 났으니까 지금부터 당장 찾으러 가 보겠습니다! 성공하고 말 테다아아아아아아아아아아아아아아아아아아아아아아아아아—!"

릭스는 그 말만 남긴 채 쏜살같이 학원장실을 떠났다—.

—아무튼 그런 사정을 거친 뒤 현재.

"그나저나 릭스, 너! 시험 기간에 밤마다 내가 공부를 알려 줬는데 왜 점수가 그 모양이야?!"

"끄에에에에에엑?! 시노! 항복! 항복항복항복!"

사건의 경위를 떠올리고 다시 화가 났는지 시노가 여러 동아리 부스 앞에서 천진난만하게 들떠 있는 릭스 뒤에서 팔로 목을 옭아맸다.

"대체 낙제점 로열 스트레이트 플래시는 뭐야?! 그게 더 어렵겠다! 설마 모르는 걸 그냥 넘어갔어?! 모르는 게 있으면 눈치 보지 말고 물어보라고 몇 번이나 말했잖아?!”

“미안! 시노! 나…… 내 상상을 초월하는 바보였나 봐…….
모른다는 사실조차 몰랐던 것 같아…….”

“이 바보 멍청이! 시험 기간 내내 널 위해서 매일 밤 두 시
간씩 달라붙어서 마법 공부를 봐준 내 귀중한 시간 돌려내!”

“알았어…… 다음에는 내가 시노에게 용병류 전장 살인술
을 가르쳐 줄게……. 매일 밤 두 시간씩 달라붙어서…….”

“필 요 없 어! 그딴 불량채권을 나한테 떠넘기지 마!”

“어멋! 시노 양, 너무 단호해!”

그렇게 얽히고설켜 옥신각신 난리를 피우는 두 사람을
보고…….

“말은 저렇게 해도 여전히 사이가 좋네, 이 둘은.”

랜디가 어딘지 모르게 즐거워하며.

“아, 아하하…… 그러게…….”

애니가 어딘지 모르게 복잡한 웃음을 지으며.

“으으음…….”

세레피나가 어딘지 모르게 못마땅한 듯 눈살을 찌푸리며
제각각 바라보고 있었다.

“하, 정말! 너한테는 진심으로 환멸&실망이야! 딱히 난
네가 퇴학하든 말든 상관없거든! 상관없다고! 나는 전혀,
추호도, 눈곱만큼도 신경 안 써!”

“시노는 저렇게 말하지만, 정말로 무관심하면 그렇게 알

뜰살뜰 공부를 가르쳐 주지도 않았겠지.”

랜디가 바락바락 소리치는 시노의 등을 힐끗 보면서 피식 웃었다.

그리고 애니와 세레피나를 돌아보며 의미심장하게 말했다.

“헤헤…… 지금은 의외로 적극적인 시노가 한 점 앞서가는 중이군. 야, 애니, 세레피나. 너희도 팍팍 밀고 나가지 않으면ㅡ.”

그 직후.

스릉!

“……무슨 소리인지 모르겠네?”

“그래, 의미 모를 말을 하는군? 내가 갑자기 바보가 된 모양이야. 그러니까 내가 지금부터 뭘 할지도 도무지 모르겠어.”

왠지 눈빛이 착 가라앉은 애니와 세레피나의 지팡이와 레이피어가 좌우에서 X자로 교차해 랜디의 목을 받치며 밀어 올렸다.

“히이이이이이이익?! 실례했습니닷!”

랜디는 낯빛이 새파래져 물러날 수밖에 없었다.

“이, 일단 공부는 나중에 다시 힘낼게! 지금은 이 학원에 어떤 동아리가 있는지 다 같이 돌아보지 않을래?!”

릭스가 어떻게든 화제를 바꾸려고 시노에게서 벗어나 일행을 돌아봤다.

"피치 못할 사정으로 동아리에 들어가야만 하는 처지지만, 이건 이거대로 제법 설레. 뭐라고 해야 할까…… 굉장히 평범한 청춘의 한 페이지 같지 않아?"

"……뭐, 그건 그래. 편하게 다니려면 귀가부도 괜찮지만, 동아리에 열정을 쏟는 것도 학생답지."

"흥. 여기는 마법 학원이야. 동아리 활동도 전부 마법 관련일 게 뻔하잖아? 네가 할 수 있는 동아리가 있기나 하겠어?"

"뭐야, 시노. 그건 찾아보지 않으면 모르지."

그러자 애니가 릭스를 위로하듯 끼어들었다.

"그래, 일단 여기저기 물어보고 다니자."

애니의 손에는 방금 학생회 집행부 임원이 나눠 준 동아리 안내 팸플릿이 있었다.

팸플릿에는 어느 동아리가 어디서 활동하고 지금 어디에 부스를 내서 설명회를 진행하는지 자세하게 나와 있었다.

애니가 그것을 펼쳐서 들여다보며 릭스에게 물었다.

"그런데 릭스는 어떤 동아리가 좋아? 희망하는 곳 있어?"

"훗…… 미안하지만, 어쩔 수 없이 골라야 할 동아리라도 내 요구 사항은 까다로워."

릭스는 거드름 피우며 위풍당당하게 선언했다.

"나는— 목숨 걸고 싸울 일 없는 동아리를 희망한다!"

"프리 패스잖아. 애초에 그딴 동아리가 있겠냐."

평소처럼 랜디가 의무적으로 태클을 걸었다.

“그, 그러니까…… 다시 말해서 평화롭고 느긋하게 활동하는 곳이 좋다는 뜻이야?”

“응! 맞아! 그거!”

릭스가 고개를 위아래로 붕붕 흔들자 세레피나도 끼어들었다.

“헌데 릭스, 그렇게 여유 부려도 되겠나? 그대는 동아리에 가입만 해서는 안 되잖나? 퇴학당하지 않으려면 상부에서 인정할 수밖에 없는 눈부신 성과가 필요할 터인데? 그렇다면 나는 결투부밖에 없다고 생각한다.”

“그래, 릭스가 바로 활약할 수 있는 곳이라면…… 역시 거기지?”

“정말 그럴까? 마법을 못 쓰는 릭스가 마법전 기술을 하염없이 연마하는 동아리에서 성과를 낼 수 있을지…… 솔직히 의심스러운데?”

“그래도 제일 가능성 있는 곳은 결투부 정도지 않아? 팀전에서 동료에게 마법 지원만 받으면 릭스는 무식하게 강하니까. 알기 쉬운 성과가 나오는 대회도 많고. 해 볼 만하지 않아?”

그러자 릭스가 고개를 옆으로 붕붕 흔들며 소리쳤다.

“에잇, 가능성이고 나발이고 결투부는 사양이야! 그런 야만적인 곳에 들어가면 장래 취직자리가 전투 방면으로 기울 것 같기도 하고!”

"그건 그래. 결투부 소속은 대부분 군대나 마법 사냥 관련 직종 희망자니까."

"그리고 보니 대회에서 좋은 성적을 거둔 학생은 그쪽 방면으로 스카우트가 들어온대."

"나는 전투와 인연이 없는 직업을 갖고 싶다고! 그러니까 그쪽 방면에 가까워지는 동아리는 안 해!"

"녀석, 이 상황에서도 고집하고는."

"음…… 정 그렇다면."

일동의 대화를 듣고 애니가 팸플릿의 한 페이지를 펼쳐서 릭스에게 보여줬다.

"이런 동아리는 어때?"

"오오! 이건!"

애니가 릭스에게 추천한 동아리, 그곳은 바로…….

————.

"마법 생물 사육부에 온 걸 환영해, 후배님들!"

릭스 일행은 마법 생물 사육부 부스에 와 있었다.

그곳에서는 어깨까지 오는 장발에 안경을 쓴 소년— 3학년 믹 주피 선배가 일행을 따뜻하게 맞아줬다.

"우리 동아리에 관심을 가져 줘서 정말 기뻐! 마법 생물 사육부가 어떤 활동을 하는 곳인지 후배님들은 알고 있으려나?"

"네! 물론입니다, 선배!"

릭스가 손을 번쩍 들고 자신만만하게 대답했다.

"마법 생물 사육부는 마법 생물…… 흔히 말하는 「마물」을 사육하는 동아리입니다! 마물은 전쟁터에서도 유용하게 쓰이고 영양가가 높아 위험할 때는 비상식량도 되므로 이 동아리는 매우 유용하고 훌륭한— 우읍?!"

"오! 우리는 잘 모르니까 설명해 주실 수 있을까요?!"

랜디가 허둥지둥 릭스의 입을 틀어막고 설명을 부탁했다.

"후홋, 좋아. 그러려고 학생회 집행부가 동아리 합동 설명회를 주최하는 거니까! 그럼 바로 설명할게!"

릭스의 실언은 못 들었는지, 믹은 딱히 기분 상한 기색도 없이 신나게 설명을 시작했다.

"그래도 우리 활동은 마법 생물 사육부라는 이름이 전부 말해 주고 있어. 매일 다양한 마물을 사육하고 관찰하면서 생태나 존재를 깊이 이해해 연구, 조사하는 게 우리의 주된 활동 내용이야."

"그렇군. 어떻게 요리하면 먹을 수 있는지, 어느 부위가 맛있는지 깊이 이해해 연구, 조사하는 건가……."

"먹는다는 얘기 좀 그만해. 너 그러다 쫓겨난다?"

혼자 중얼거리며 메모하는 릭스의 옆구리를 랜디가 팔꿈치로 찔렀다.

"마물이란 존재는 아주 심오하고 흥미로워. 이미 이 시대, 이 세상에 미발견 마물은 거의 존재하지 않아. 하지만 누구나 아는 마물이라도 매일 관찰하는 사이 새로운 발견, 새로운 일면과 마주할 때가 있어."

"흠흠…… 아직 새로운 요리법이나 미각을 발견할 때도 있다……."

"야. ……야, 릭스. 야."

"하지만 그건 겉으로 내세운 명분일 뿐. 우리 활동은 사실 더 단순해. 마물이라는 신기하고 사랑스러운 존재와 어떻게 교감하느냐지. 우리는 모두 마물을 사랑하고 매일 그들을 돌보는 게 정말 즐거워. 우리 활동에 어려운 자격이나 기술은 필요 없어. 필요하다면 단지 마물을 좋아하는 마음뿐이야. 너희는 마물을 좋아해?"

"저, 마물을 (식량으로써)정말 좋아해요!"

"그랬구나! 그럼 두 팔 벌려 환영할게! 마법 생물 사육부는 너 같은 학생에게 가장 잘 어울려!"

릭스의 반응에 믹은 환희했다.

"사실 우리 활동은 그다지 이해받지 못하거든……. 걸핏하면 괴짜 소굴이라느니 머리가 어떻게 됐다느니 뒤에서 욕먹기 일쑤고……. 설마 이렇게 빨리 신입 부원을 찾을 줄은…… 우으…… 훌쩍……."

"저기, 믹 선배? 감격에 겨워하시는 중에 죄송하지만, 이 녀석만은 절대로 동아리에 들이지 마세요.”

눈시울을 훔치는 믹에게 랜디는 일단 자기 의무를 다했다.

“그, 그런데 믹 선배, 마법 생물 사육부에서는 어떤 마물을 어디서 사육하나요?”

화제를 바꾸려고 애니가 애매하게 웃으며 물었다.

세레피나도 편승했다.

“음, 그렇군. 이 학원이 아무리 넓다지만, 마물을 키울 만한 부지는 지도에서도 본 기억이 없어.”

“하하하, 실은 이 학원의 이면— 물질계와 다른 성유계(星幽界) 쪽에는 이계 공간이 몇 군데나 있어. 흔히 이 학원 명물『비밀방』이라고 불리는 곳이야. 그『비밀방』중 하나에 마물 사육용 이계 공간이 있어.”

세레피나의 의문에 믹이 온화하게 대답했다.

“우리 마법 생물 사육부가 보유한『비밀방』은 마물에게 적합한 자연환경이 갖춰진 광대한 이계 공간이야. 그곳에서 다양한 마물을 방목하고 있어. 하지만 아쉽게도 그곳은 우리 마법 생물 사육부 부원 외에는 출입 금지야. 위험하니까.”

“오, 오오…… 뭔가 생각보다 대단한데?”

“응…… 나는 우리에 가두고 키울 줄 알았어…….”

“하하하, 그러면 사랑으로 보듬어야 할 마물들이 불쌍하잖아? 아무튼 그런 이유로 오늘 너희를『비밀방』에 데리고 갈 순 없어. 대신이라고 하긴 뭣하지만…… 우리가 특히 좋아하는 마물 몇 마리를 뒤쪽 부스에 데리고 왔어. 견학해 볼래?”

“꼭 보고 싶어요, 선배!”

“그래…… 어떤 마물을 키우는지 조금 궁금해.”

지금까지 이야기를 듣고 관심이 생겼는지, 릭스는 물론이고 의외로 시노까지 마음이 동한 모양이었다.

믹이 싱긋 웃으며 자리에서 일어났다.

“그렇다면 더 말할 것도 없지! 우리 마법 생물 사육부가 자랑하는 멋있고 사랑스러운 마물들을 마음껏 즐겨 줘!”

릭스를 필두로 한 일동은 두근거리는 가슴을 안고 믹의 뒤를 따라갔다―.

―――.

“이것이― 이번 동아리 합동 설명회를 위해서 우리가 엄선한 최고의 마물들이다!”

몸을 확 돌린 믹의 등 뒤에는 안에 있는 존재가 밖으로 나오지 못하게 【단절】 결계가 세 개 정도 설치되어 있었다.

그 결계 안에는 있는 것은 세 마물이었다.

“우선 사샤 부부장의 최애 마물, 텐타클 로퍼!”

그건 온몸이 끈적끈적 기분 나쁜 점액으로 덮인 거대한 촉수 마물이었다.

꽂기만 해도 본능적 혐오를 일으키는 무수한 촉수가 끊임없이 꾸물럭꾸물럭 징그럽게 움직이며 부원으로 보이는 여학생의 온몸을 감아 들어 올리고 있었다.

"흐아아아아아아아아아아아아아앗—♥"

촉수에 온몸을 공격받는 여학생은 황홀한 표정으로 눈을 까뒤집고 교성을 질러 댔다.

"아하하! 사샤는 여전히 마물과 몸으로 직접 부딪치는군! 그럼 다음 로니 부원의 최애 마물 이블 아이즈!"

그건 구형의 몸 중심에 거대한 외눈과 나이프 같은 이빨이 촘촘히 박힌 입이 있고, 끝부분에 눈알이 달린 촉수가 몸 전체에서 열 개 정도 나 있는…… 쳐다보기만 해도 정신이 나갈 것 같은 모독적이며 무시무시한 마물이었다.

그런 마물을 부원으로 보이는 남학생이 결계 너머에서 황홀하게 바라보고 있었다.

"아아…… 에스메랄다…… 네 눈동자는 어찌 이리도 아름다울까…….”(쩌—억)

"아하하! 로니도 참, 또 석화 마안을 정면으로 들여다봤어. 법의사 루시아 선생님한테 혼난다? 못 말리는 녀석 같으니. 아무튼 마지막으로! 바로 나의 최애 마물! 식인 식물 라플레시안이다아아아아—!"

그건 독기를 품은 무시무시하고 거대한 꽃 마물이었다.

꽃잎 중심에 소름 끼치는 이빨이 주르륵 늘어선 커다란

입이 있고, 그것이 따각따각 불길한 소리를 내며 열렸다 달혔다 했다.

먹이로 준 듯한 사슴을 통째로 으적으적 씹고 있었다.

"어때?! 후배님들?! 우리 마법 생물 사육부가 오늘을 위해 엄선한 사랑스러운 마물들이?! 굉장하지?! 귀엽지?! 멋있지?! 헉…… 헉…….."

"더! 멀쩡한! 선택지는 없었어어어어어어어어?!"

식인 식물을 바라보며 황홀해하는 믹 앞에서 랜디가 하늘로 부르짖었다.

정말로 부르짖을 수밖에 없었다.

"……소름 끼쳐."

"헉……."

"제정신인가……."

당연히 시노, 애니, 세레피나는 끔찍하기 그지없는 마물들을 보고 저마다의 방식으로 혐오감을 표현했다.

"아쉽게도 우리가 자신 있게 소개할 수 있는 마물은 이 애들 정도야. 남은 건 그리폰이나 유니콘, 픽시처럼 무난한 애들뿐이거든……."

"왜 그걸 안 데리고 와요? 당신들 신입 부원 구할 생각 있어요?"

랜디가 머리를 마구 긁으며 소리쳤다.

"으아아! 왜 이 인간들이 괴짜라느니 머리가 어떻게 됐다느니, 그런 소리나 듣는 줄 알겠어! 당연하지! 그것 말고는 할 말이 없잖아!"

그리고 릭스를 돌아봤다.

"야, 릭스! 이제 알았지?! 이 동아리는…… 아니, 여기 부원들은 미쳤어! 이 동아리만은 절대로 들면—."

"어떡해…… 멋있어……."

"—에라이, 네 마음대로 해!"

릭스는 마치 영웅담의 주인공을 동경하는 소년 같은 표정으로 끔찍한 마물들을 바라봤다. 랜디도 점점 이것저것 포기하기 시작했다.

"너희는 괜찮아? 릭스가 이런 변태 소굴에 들어가도."

"……딱히? 릭스가 하고 싶다면 내가 무슨 권리로 막겠어."

"솔직히 나는 뜯어말리고 싶다만?"

"그건 뭐…… 아하하……."

고개를 홱 돌리는 시노, 못마땅한 눈치인 세레피나, 애매하게 웃어넘기는 애니.

"하긴…… 그것도 그래. 동아리에 들든 말든 본인 마음이지. 하지만 릭스는 그렇게 속 편한 소리를 할 처지가 아니야. 이런 부에서 퇴학을 막을 눈부신 성과를 낼 수 있을지 어떨지……."

랜디가 복잡한 표정으로 말끝을 흐리는데…….

"성과? 과외 활동에서 장래 이력서를 채워 줄 성과를 바

란다면 더더욱 우리 마법 생물 사육부를 추천할게!"

그 말을 예리하게 캐치한 믹이 놓치지 않겠다는 양 말을 이었다.

"왜냐하면 우리가 키우는 피닉스가! 알을 낳았거든!"

"뭐?! 저, 정말요?! 피닉스가 알을?!"

"세, 세상에!"

그 말을 듣고 랜디와 세레피나의 눈이 휘둥그레졌다.

"응? 피닉, 스? 그게 알을 낳는 게 대단한 일이야? 시노."

"맞아. 불타는 불사조 피닉스. 목숨이 다하면 스스로 불타 죽고, 그 자리에서 새로운 개체로 다시 태어나는 마물이야. 그래서 애써 자손을 늘릴 필요가 없어. 알을 낳아 자손을 만드는 건 정말로 희귀한 경우야. 나도 전생에 한 번밖에 못 봤어."

시노도 그 이야기에는 관심이 생겼는지 믹을 쓰레기처럼 보던 눈빛을 조금 누그러뜨리며 릭스에게 해설했다.

그리고 시노의 말꼬리를 잇듯 믹이 흥분해 말했다.

"순조롭게 풀리면 올해 안에 새로운 피닉스 새끼가 탄생해! 즉! 지금 마법 생물 사육부에 들어오면 「피닉스 알 부화에 성공한 동아리에 있었다」, 그리고 「피닉스 새끼를 처음부터 사육했다」라는 세상에 둘도 없는 실적이 따라와! 이건 장래에 취직할 때도 상당한 강점으로 작용해! 보장할게!"

"……이럴 수가. 명분이 생겨 버렸어."

“그래, 그 정도의 실적이라면 릭스의 퇴학 따위는 즉시 뒤집히겠군.”

“흥. 별다른 마법 기술도 필요 없어 보이니까 릭스에게 맞을지도 모르겠네.”

“으으…… 그래도 왠지 싫어…… 릭스가 여기 사람들이랑 어울리는 거…….”

일동은 한숨밖에 나오지 않았다.

“일단 그 피닉스의 알도 입부 희망자를 위해서 더 뒤쪽 부스에 준비해 뒀는데…… 어떡할래? 견학해 볼래?”

“아, 정상적으로 부원을 모을 생각이 눈곱만큼이나마 있긴 있었네요?”

“꼭 보고 싶어요, 선배! 잘 부탁드립니다!”

릭스가 기운차게 머리를 숙였다.

곧 일동은 믹의 안내에 따라 더 뒤쪽 부스로 이동했다.

────.

“자, 후배님들! 눈을 크게 뜨고 보도록! 이것이 본국 최초 공개! 에스토리아 마법 학원에서도 전례를 찾을 수 없는 기적이자 경이로운 쾌거! 피닉스의 알이다아아아아아아아아아아아아아아아아아아아—! ……으으응?”

안내받은 곳에는 커다란 알이 받침대 위에 고이 모셔져 있었다.

일렁이는 불꽃 같은 붉은 무늬가 들어간 아름다운 알이었다.

그런데 먼저 온 손님이 있었다.

"……."

알 앞에 어떤 인물이 등을 돌린 채 서 있었다.

낡은 후드 망토에 몸 전체가 완전히 가려지는 작은 인물이었다. 덩치로는 판단하기 어렵지만, 좁은 어깨를 보아 아마 여자, 어린 소녀 같았다.

다만, 등에 멘 거대한 쇳덩이 같은 도끼가 그 키나 몸집과 너무 어울리지 않았다.

그 작은 인물은 어지간히 알에 마음을 빼앗겼는지, 코앞까지 다가가서 바라보고 있었다.

그래서 릭스 일행 시점에서는 피닉스 알이 그 작은 인물의 머리에 절반 이상 가려진 상태였다.

"잠깐, 거기 너. 여기는 우리 마법 생물 사육부가 허락하지 않으면 출입 금지야. 미안하지만……."

믹이 그 인물에게 말을 건…… 그때였다.

쭈욱…… 쭈욱, 쭈욱…… 쭈웁…….

그 인물 쪽에서 무슨 이상한 소리가 들렸다.

예를 들자면 점성이 있는 액상 물질을 입으로 빠는 듯한…… 그런 소리.

"뭐, 뭐야? 이 소리는……."

"어, 어라? 그러고 보니…… 알 받침대 주위에는 【단절】 결계가 있어서 접근할 수 없을 텐데…… 그 결계가 박살 났어……?"

믹이 이상 사태를 깨달은 그 순간.

휘청! 파각!

작은 인물의 머리 너머로 보이는 알의 윗부분이 왠지 옆으로 기울더니…… 바닥에 떨어졌다.

바닥에 떨어진 것은…… 커다란 알껍데기였다. 상하 두 동강으로 갈라진 알의 윗부분.

"……어? 음? 엥?"

이해할 수 없는 사태에 당황할 수밖에 없는 일동 앞에서 그 작은 인물이 천천히 돌아봤다.

"……?"

얼굴이 후드에 쏙 들어간, 솜털처럼 하늘하늘한 금발을 가진 소녀였다.

앳된 얼굴은 소녀보다 아직 여아에 가까웠다. 그 커다란 보석 같은 에메랄드그린색 눈동자를 크게 뜨고 놀란 듯이 깜빡거렸다.

그리고 소녀가 돌아보자 지금까지 그녀에게 가려 보이지 않던 피닉스 알이 백일하에 드러났다.

받침대 위에는 두 쪽으로 갈라진 알의 아랫부분이 있고…… 그 안은 텅 비어 있었다.

덧붙여 눈을 깜빡거리는 소녀의 입가에는 노란 액체가 치덕치덕 묻어 있었다.

상황으로 짐작건대…….

"아, 알이이이이이이이이이이이이이이이이이이이—?!"

믹이 절규하더니 바로 눈을 까뒤집고 게거품을 물며 쓰러졌다.

"잠깐, 거기 너어어어어어?! 설마, 먹었어?! 피닉스 알을 먹은 거야?!"

충격적인 사태에 랜디가 고함쳤다.

"그대— 진심이냐?! 피닉스 알의 가치는 못해도 소국의 1년 예산 이상이라고?!"

세레피나도 핏기가 가신 얼굴로 소리쳤다.

"애, 애초에 마법 생물학적으로, 무척 귀중한 자료인데……."

애니도 넋이 나가 중얼거렸다.

그러자…….

"뭔지 잘 모르겠지만, 엄청나게 맛있었슴다! 알!"

소녀는 미안한 기색조차 없이 태양처럼 활짝 웃었다.

"이 알 주인들인가요?! 이거 참, 배가 너무 고파서 그만! 정말 미안하게 됐슴다! 그래도 용병은 의리를 지키는 법! 은혜는 반드시 갚겠슴다! 누구 죽여 줬으면 하는 사람이나 질 수 없는 전쟁 같은 거 없슴까? 트랜, 이래 봬도 꽤 강하니까 분명 도움이 될 겁다!"

"뭐지?! 이 누구랑 똑 닮은 사고방식은?!"

랜디가 그렇게 외친 순간.

"트랜?!"

랜디를 밀어내며 릭스가 소녀 앞으로 나와 경악한 표정으로 소리쳤다.

"응? 뭐야? 너 아는 사이야?"

"트랜! 네, 네가…… 어떻게 여기에?!"

그러자…….

"어? 릭스 형님……?"

릭스를 알아본 소녀— 트랜이 눈을 깜빡거리며 릭스를 바라봤고…….

"훌쩍…… 형님……."

난데없이 그 보석 같은 눈에 물기를 머금었다.

"형님이 죽었다는 걸 도저히 믿을 수 없어서…… 포기하지 못하고 전장을 이 잡듯이 샅샅이 뒤지다가…… 겨우 찾아낸 형님 냄새를 따라 이 머나먼 서쪽 땅까지 와서…… 훌쩍…… 흑…… 다시 형님을 만났어……. 드디어 만났어, 형님……."

"트, 트랜……."

"으아아아앙! 형니이임—!"

그 직후, 벅찬 감정을 억누르지 못한 것처럼 트랜이 릭스에게 뛰어들었다— 등에 멘 거대한 도끼를 머리 위로 쳐들고—.

"형니이이이이이이이이이이이이이이이이이이임—!"

트랜이 전신의 탄성을 남김없이 실어 도끼를 무자비하게 내리쳤다.

"우오오오오오오?! 트래애애애애애애애앤—?!"

릭스가 퍼뜩 검을 뽑아 그 번개 같은 일격을 받아넘겼다.

도끼는 검날 위로 날카롭게 미끄러지며 격렬한 불똥을 튀기고— 그 기세 그대로 바닥을 폭파하다시피 깨부쉈다.

"꺄아아아아아아?!"

"뭐냐, 이 파워는?!"

그 검압 폭풍은 빠져나갈 곳을 찾듯이 사방팔방으로 휘몰아치며 일동을 후려쳤다. 그 후에 남은 것은 크레이터 같은 구멍뿐이었다.

"트, 트트트트트, 트랜?! 대, 대체 무슨 짓을……."

"훗……「오는 사람 막지 않고 가는 사람은 지옥 끝까지 쫓아간다」…… 용병단의 철칙을 잊었나요?! 형님…… 용병단으로 돌아오지 않는다면 기다리는 건 죽음뿐임다! 그러니까 트랜이랑 같이 용병단으로 돌아가요! 거부한다면, 힘을 써서라도—!"

트랜은 몸을 확 비틀었다. 그리고 다시 도끼에 온 힘을 실어 옆으로 휘둘렀다.

릭스가 그것을 검으로 막아 보지만— 방어에 실패해 대포알처럼 뒤로 날아갔다.

릭스의 몸은 그대로 부스를 찢고 나갔고, 그 여세로 마물 소개 부스까지 파괴했다.

"용병단으로 돌아가기 전에 흙으로 돌아가게 생겼는데에에에에에에에에?!"

릭스의 비명이 엄청난 속도로 멀어졌다.

"앗! 도망치지 마세요, 형니이이이이이임—!"

펄럭! 트랜의 등에 갑자기 용의 날개 같은 것이 펼쳐졌다(그래서인지 등이 크게 파인 장비를 입었다).

트랜은 그것을 크게 퍼덕여 압도적 풍압과 함께 가속하

며 릭스를 쏜살같이 쫓아갔다.

그리고— 연이어 비명이 터졌다.

"으, 으아아아아아아아아아악?! 마법 생물 사육부의 마물이 탈주했다?!"

"꺄아아아아아아아아?! 안 돼애애애애애애애! 촉수가! 촉수가아아아아아아아아아아아아아아아아아아—?! 으응♥"

"히이이이이이익?! 내, 내 몸이 돌로, 돌로—."(쩍)

"크아아아아?! 잡아먹힌다아아아! 살려 줘어어어어!"(우물우물)

박살 난 부스에서 마물들이 탈주해 수많은 학생이 오가는 길로 나간 모양이었다.

어마어마한 혼란과 비명이, 얼떨떨하게 서 있던 일동에게도 전해졌다.

"아, 정말…… 엉망진창이야……."

"저, 정체가 뭘까, 저 아이……?"

"……그건 나중에 생각해. 피해가 커지기 전에 어떻게든 사태를 수습하자."

"정말로 손이 많이 가는군!"

시노가 어이없게 한숨 쉬며 단장(短杖)을 뽑고, 세레피나는 레이피어를 들고 소란의 중심지로 달려갔다.

제2장 산 넘어 산

"이대로 가면— 네놈은 **즉시** 퇴학이다."

"어랍쇼?! 악화했어?!"

트랜이 소동을 일으킨 다음 날.

에스토리아 마법 학원의 대도사 다르윈이 무자비하게 통보하자 릭스의 비통한 외침이 실내에 울려 퍼졌다.

이곳은 에스토리아 마법 학원 학원장실.

방 안쪽의 기품 있는 집무용 책상에는 제이크 학원장이 앉아 있고, 그 책상 앞에는 다르윈과 학원 도사 크로포드가 귀찮은 듯이 서 있었다.

그리고 사태의 중심에 있던 관계자라는 이유로 시노, 랜디, 세레피나, 애니도 릭스와 함께 이곳에 불려 왔다.

"대체 어떻게 된 거예요?! 연말의 진급 판정 고사를 기다리지 않고 퇴학?! 그런 부당한 조치가 용납될 리 없잖아요! 다들 안 그래?!"

동의를 바라며 릭스가 친구들을 돌아보지만…….

"타당하지."

"타당해."

"타당하군."

"타당하다고 생각해……."

"잠깐, 너희 매정하게 왜 이래?! 우리 친구 맞지?!"

"선생님. 우리는 릭스와 아무 상관도 없지만, 언젠가 사고 칠 줄 알았습니다."

"맞아. 릭스와는 같은 학급일 뿐이고 평소에도 거의 접점이 없지만, 언젠가 이런 일을 저지를 위험인물이라고 생각했어."

"꼬리 자르는 판단이 너무 빨라!"

릭스가 매정하기 짝이 없는 친구들을 보며 눈물을 머금고 머리를 움켜쥐었다.

"아무튼…… 그런 서론과 농담은 이쯤하고."

"응, 본론으로 들어가자."

"그래야지."

일동을 대표하듯 세레피나가 학원 도사들에게 물었다.

"분위기에 휩쓸려 동의했지만, 실제로 릭스에 대한 처분은 부당하다고 단언할 수 있다. 피닉스 알 파손도 마물 탈주 소동도 릭스의 과실은 거의 없어. 거의 모든 책임은 릭스의 전 용병 동료인 트랜이라는 소녀에게 있지. 그 사실관계는 주변에 있던 학생들과 마법 생물 사육부에게 물으면 금방 드러날 일 아닌가? 그러니까 받아들일 수 없군. 대체 이게 무슨 횡포인지, 설명을 꼭 들어야만 하겠다.”

“좋다, 잘 들어라.”

세레피나의 도발적인 언사에 다르윈이 콧방귀를 뀌며 거만하게 말했다.

“릭스. 네놈을 즉시 퇴학 처분하는 이유…… 그건 트랜이라는 문제의 소녀가 어리석게도 네놈이 방목하는 「용」이기 때문이다.”

“……네? 트랜이? 용? 드래곤? 내가 방목?”

말뜻을 이해하지 못한 릭스가 입을 떡 벌린 채 눈만 깜빡거렸다.

“““……”””

세레피나, 애니, 랜디도 잠시 말을 꺼내지 못한 채 굳어 있었다.

그리고 곧.

“다르윈 선생님…… 치매인가…….”

“이 젊은 나이에 대도사까지 올라간 위인이건만, 세상도 야속하지…….”

랜디, 세레피나가 저마다 가엾다는 투로 말했다.

“오호라. 그렇다면 내가 지금부터 무슨 짓을 할지 나도 모르겠군……. 포기하도록. 나는 인지 능력에 이상이 생긴 병자인 모양이니까.”

화르르륵……. 다르윈은 평소대로 불쾌한 얼굴에서 위압

감을 1.2배로 늘리며, 왼손 손끝에 무시무시한 열량이 담긴 불덩이를 키우기 시작하자…….

""죄송합니다!""

랜디, 세레피나가 부리나케 넙죽 엎드렸다.

그런 일동을 보던 시노가 더 어이없다는 투로 말했다.

"하여간, 너희는……. 그래도 다르윈 선생님 말씀이 옳아. 잘 들어, 릭스…… 그 애는 네 용이야. 그러니까 그 애가 사고를 치면, 책임은 너한테 있어."

"시노…… 언젠가 네가 나를 알아보지 못하게 돼도, 나는 네 친구야."

"나까지 치매로 몰고 가지 마!"

시노가 릭스의 머리를 움켜잡고 손아귀에 신체 강화 마법을 걸어 바이스처럼 서서히 쥐었다.

"하하하! 이야기가 진행되지 않는군! 나서 주게, 크로포드 군!"

"또 저예요? 하아~, 귀찮게…….”

제이크 학원장이 지목하자 크로포드가 나른하게 담배 연기를 피우며 설명했다.

"어디 보자, 귀찮으니까 거두절미하고 결론부터 말할게. 트랜이라고 했나? 그 애는…… 용의 환생이야."

"네?!"

"증거는 영적인 시각으로 본 그 애의 스피어야. 인간의 것이 아니었어. 그 불길하면서도 사나운 스피어 파장은 틀림없이 용……. 심지어 긴 세월을 살며 대자연에까지 간섭하는 능력을 얻은 고룡종이야. 인간으로 환생하면서 그 막강한 힘은 자취를 감췄지만…… 그런 무시무시한 존재가 이 근처를 싸돌아다닌다고 생각하면 나는 귀찮아서 밖에 나가지도 못해."

"귀찮아서 못 나가시는 거네요……."

한결같은 크로포드에게 애니는 애매하게 웃을 수밖에 없었다.

"아니, 잠깐만요, 크로포드 선생님!"

릭스가 당황하며 반론했다.

"트랜은 인간이에요! 그냥 좀 알에서 태어났고, 갑자기 등에 이상한 날개가 돋아서 하늘을 날 뿐이지 평범한 인간 여자애라고요! 트랜이 용이라니, 어떻게 그런 생각을……!"

"누가 봐도 평범한 여자애는 아니지, 그 시점에서."

"이건 용 확정이군."

충격을 받았는지 심각한 표정으로 떠는 릭스에게 랜디와 세레피나는 기가 차다는 눈길로 담담히 반박했다.

"그래도 선생님…… 용이 인간으로 환생하는 일이 정말로 있나요?"

"굉장히 귀찮은 희귀 사례지만, 역사상 몇 번 보고된 적이 있어. 용은 인간의 상위 존재고, 고룡종쯤 되면 이미 생물의 형태를 띤 자연재해야. 놈들은 생명이 무한히 순환하는 자연 그 자체라고 봐도 무방해. 그래서인지 무섭도록 진화 속도가 빨라. 생물의 진화도 순환 속에 포함되니까. 그 영역에 도달한 용은 죽기 직전에 자신의 존재를 알로 되돌리고, 육신을 원하는 형태로 처음부터 재구축할 수 있어……. 귀찮게도 까마득한 세월이 걸리지만. 마법 생물학에서는『용의 진화 재탄』……이라고 부를 거야."

"아하…… 그래서 제가 퇴학당해야 하는 거네요?! 큭!"

"네가 이야기를 전혀 이해하지 못했다는 건 알겠어."

랜디가 평소대로 냉담한 눈길로 태클을 걸었다.

"이거 참, 이해할 수가 없군. 트랜이라는 녀석이 용의 환생인 건 릭스의 퇴학 이유가 되지는 못할 텐데?"

"방금 다르윈이 말했잖아? 트랜 양은…… 릭스 군의 용이라고."

후…… 담배 연기를 천장으로 뿜으며, 크로포드가 잠시 뜸을 들이고 말했다.

"소환수야. 트랜 양은, 릭스 군의."

"……뭐?"

"네?"

"왜 그런 귀찮은 일이 벌어졌는지 전혀 모르겠지만……. 인간으로 다시 태어났다고 해도 명색이 고룡종을, 릭스 군은 소환 마법에서 말하는 소환수로 삼고 있어. 하하하, 이

걸 들으면 소환 마법을 배우는 전 세계의 마술사들이 질투
와 선망에 미쳐 전쟁을 일으킬걸?”

““"으에에에에에에에에에에에에에에에엑—?!"”"

경악스러운 사실에 일동이 괴성을 질렀다.

“트, 트랜이 용이고, 내 소환수라고……?”

당연히 릭스도 경악과 환희로 부르르 떨고 있었다.

“그 말은……! 나한테 소환 마법 재능이 있다는 건가……!”

하지만.

“꿈 깨라, 굼벵이.”

“없어. 네 주제를 알아. 릭스 주제에.”

“저기요?! 당신들 조금만 더 나한테 상냥해질 수 없어요?!”

다르윈과 시노가 단언하자 릭스는 눈물을 머금을 수밖에
없었다.

그런데 그때, 애니가 의문을 제기했다.

“그래도…… 이상하지 않아? 소환 마법의 소환수 계약은
계약 상대의 존재 강도가 높을수록 어려워져. 그러니까 고
룡종을 소환수로 삼았다는 건 엄청난 업적이야. 그런 릭스
에게 재능이 전혀 없다는 것도 말이 안 되는 것 같은데…….”

그러자 애니의 의문에 크로포드가 귀찮은 투로 대답했다.

“그게 퇴학 처분으로 이어지는 이유야……. 일방통행 계
약이거든, 트랜 양에게서 릭스 군을 향한.”

“……네?”

"보통 소환 마법을 통한 소환수 계약은 마스터에게서 소환수를 향한 지배 계약, 수환수에게서 마스터를 향한 예속 계약을 쌍방으로 맺어야 비로소 성립해. 그런데 둘 사이에는 릭스 군에게서 트랜 양을 향한 지배 계약이 빠져 있어. 트랜 양에게서 릭스 군을 향한 예속 계약은 이미 존재하는데도. 이상한 이야기지…… 더 생각하기도 귀찮아……."

"학생이 자신의 소환수를 종자로 학원 내에 동반하는 건 마술사의 당연한 권리로 인정받는다."

뒷말을 잇듯 다르원이 담담하게 설명했다.

"다만, 그건 쌍방 계약을 맺고 마스터가 소환수를 완전히 제어할 수 있을 때의 이야기지. 미계약, 혹은 불완전 계약 상태인 소환수는 동반을 엄격히 금하고 있다. 즉, 이대로 가면 네놈은 소환수를 사역하는 마술사로서 최소한의 책임도 방기한 것으로 간주되고…… 그 처분은 즉시 퇴학에 준한다. 그게 싫다면 빨리 재계약해라, 멍청이."

"뭐, 뭐라고요……?!"

릭스가 덜덜 떨었다.

"저…… 재계약이란 건…… 아마 소환 마법으로 이러쿵저러쿵하는 거죠? 전 평범한 스피어가 없어서 마법을 못 쓰는데요……?"

"내 알 바 아니다. 못 하겠으면 죽어라."

여전히 무자비한 다르원 앞에서 릭스는 부들부들 떨 수

밖에 없었다.

그런 릭스에게 제이크 학원장이 추가타를 날렸다.

"아, 참고로 릭스 군! 소환수가 잘못을 저지르면 기본적으로 마스터 책임이다! 즉, 귀중한 피닉스 알을 부순 문제 행동, 마물이 폭주해 학원에 큰 혼란을 초래한 책임은 아쉽지만 너에게 있다! 적어도 일반적으로는 그래! 하하하! 너에 대한 학원 이사회의 인상은 가뜩이나 안 좋은데 이번 사건으로…… 아마 바닥을 뚫겠군! 너의 대외적 내신도 하한가일 테지! 트랜 양과 계약 문제를 해결해도…… 퇴학을 면하려면 그 실수를 만회할 수준의 성과가 필요할 거다! 더불어 취직 경쟁에서도 이미 상당히 불리해졌겠지! 하지만 젊은 혈기로 힘내다오! 이겨 내라, 파이팅!"

"무, 무, 무슨……."

너무해도 너무한 사태에 릭스는 떨면서 천장을 보며 소리칠 수밖에 없었다.

"으아아아아아아아아아아아?! 종잡을 수가 없잖아, 내 장래에에에에에에에—!"

제3장 트랜의 비밀

"일단 상황을 정리해 보자."

작전 회의는 시노의 주도하에 시작됐다.

지금은 오전 수업이 끝난 점심시간.

학생 식당의 지정석이나 다름없는 곳에 자리 잡은 일동은 각자 주문한 점심을 먹으며 시노의 목소리에 귀 기울였다.

"우선…… 릭스의 성적 부진으로 인한 퇴학 안건. 이건 일단 보류. 향후 계속해서 릭스를 받아 주고, 학년말까지 성과를 낼 수 있는 동아리를 끈기 있게 찾을 수밖에 없어."

"그…… 역시 마법 생물 사육부는…… 안 되겠지?"

"그 부장, 동방 주술인「축시의 참배[#1]」를 하고 있었어. 네 머리카락으로."

"잘은 모르겠지만, 무지하게 미움받았다는 건 알겠어."

릭스는 폭포 같은 눈물을 쏟아 냈다.

"지금 시급한 문제는 릭스가 즉시 퇴학당할 수 있다는 거야. 다시 말해 네 소환수인 트랜부터 해결해야 해."

#1 축시의 참배 밀짚 인형에 머리카락을 심고 대못을 박는 일본의 주술.

"트랜…… 그 애가 내 소환수라니…….”

릭스가 호밀빵을 입에 물며 뒤통수에 깍지를 끼고 천장을 봤다.

"솔직히 실감이 안 들어……. 그 이야기, 믿어도 돼?”

"일단 내가 봐도 틀림없어. 트랜에게서 너에게로 일방통행 길이 뚫려 있었어.”

"하아…… 사실이냐…….”

시노가 단언하자 릭스가 한숨 쉬었다.

"트랜과는 용병 동료로서 쭉 함께 싸웠지만…… 설마 그 애가 내 소환수일 줄은 꿈에도 생각하지 못했어.”

"마법은 인과율이라는 법칙에 묶여 있어. 결과가 있다면 그 원인도 반드시 있게 마련이야. 이 계약 관계에 관해서 뭔가 짚이는 거 없어?”

"아니, 전혀 없어. 애초에 나는 마법도 못 쓰잖아.”

그러자 세레피나가 감자수프를 떠먹으며 의문을 던졌다.

"애당초 트랜이 릭스에게 일방통행 계약을 맺었다는 게 이상해.”

"그렇지……? 보통 소환수 계약은 마술사가 실행한 시점에서 쌍방향으로 맺어져……. 한쪽으로만 맺어지는 계약이 존재할 수 있을까?”

"없어. 《땅거미의 마왕》이었던 전생의 흐릿한 기억을 뒤져 봐도 그런 사례는 듣도 보도 못했어.”

““““으음……?””””

세레피나, 애니, 시노가 이해하지 못하겠다는 표정으로 끙끙거렸다.

“그런데 릭스.”

그때, 지금까지 묵묵히 파스타를 먹으며 생각에 빠져 있던 랜디가 릭스에게 물었다.

“너랑 트랜은 같은 용병단의 동료였지?”

“맞아. 남매 같은 사이라고 해야 하나?”

“흠…… 그럼 이것도 물어보자. 트랜과는 어떤 식으로 만났어?”

“그건 나도 궁금해. 릭스 본인에게 계약한 기억이 없다면 그 애와 처음 만났을 때 무슨 일이 있었다……라고 보는 게 자연스러워.”

“나랑 트랜의 만남이라…….”

릭스가 머리를 긁적이며 과거 기억을 들춰 보았다.

“어디 보자…… 내가 어떤 전쟁터를 헤매다가 알을 발견한 게 계기였나?”

“알? 아…… 그 애, 『용의 진화 재탄』 도중이었구나.”

“응. 그런데 내가 보는 앞에서 알이 깨지더니…… 알몸인 그 녀석이 나왔지……. 그게 나와 트랜의 첫 만남이야.”

“흐음?”

릭스가 과거를 그리워하듯 눈을 가늘게 떴다.

"하하하, 그렇네……. 나는 알몸인 트랜을 보고…… 도저히 참지 못하고 덮쳐서 잡아먹으려고 했었지……(식량으로). 단장님과 용병 식구들이 달려오지 않았다면 어떻게 됐을지……."

"""""……."""""

그 말이 나온 순간, 이야기를 듣던 이들이 모두 석상처럼 굳었다.

그리고 곧.

"……덮쳐서 잡아먹으려고 했어(성적으로)?"

"진짜 소름 끼쳐. 이 페도 자식."

"쓰레기로군. 장래에 그대를 고용하겠다는 이야기도 재고해야 할 수준이야."

"실망했어, 릭스……."

저마다 릭스를 욕하고 쓰레기처럼 흘겨봤다.

"내가 쓰레기인 건 인정하지만, 나와 너희가 말하는 쓰레기의 방향성에 결정적인 차이가 있는 것 같아."

릭스가 못마땅한 눈길로 드물게 태클을 걸었다.

"어쩔 수 없었다고! 나도 전쟁터에서 극한 상황이었고 한계에 달해 있었다니까?!"

"……한계였나(성적으로)."

"진짜 소름 끼쳐."

"쓰레기로군."

"더러워, 릭스."

"이거 이제 무슨 말을 해도 소용없는 상황이야?!"

릭스를 머리를 감싸 쥐고 소리칠 수밖에 없었다.

"그래도 이 녀석이 그런 패륜까지 저지를 것 같지는 않아……. 뭔가 오해가 있다는 느낌도 없잖아 있는데…….."

"……그렇지."

"으, 응…… 맞아……."

"설마 말 그대로 식량처럼 먹으려고 했다는 뜻 아닐까?"

"그 정도로 바보는 아니지…… 아무리 그래도."

그런 식으로 랜디와 애니, 세레피나가 수군대는 사이, 시노는 그들에게 관심을 주지 않고 아무 표정 변화 없이 담담하게 말을 이었다.

"일단 그건 넘어가. 릭스, 앞으로 네가 고를 수 있는 길은 두 가지야. 우선 하나, 「트랜과 재계약해서 소환수로서 완전히 지배하에 두기」."

"트랜을 완전히 내 소환수로……?"

"그래. 이게 가능하면 지금 너에 대한 학원의 평가는 밑바닥이라도 「고룡종을 소환수로 삼은 희귀한 마술사」라는 업적으로 평가를 뒤집을 수 있어."

"응……? 왠지 싫은데……. 그 녀석을 물건처럼 취급하는 것 같아서."

"마술사가 될 거라며? 그럼 사적인 감정은 무시해. 그리

고…… 이건 오히려 그 애를 위한 일이기도 해. 지금 그 애
는 어떤 의미로 아주 위험한 상태니까.”

“……?”

시노의 모호한 말투에 릭스가 고개를 갸웃거렸다.

“그렇지만 너는 마법을 못 써. 이 길은 거의 절망적이라
고 봐야지.”

바로 그때였다.

“그렇구나……. 그런데 시노, 나와 트랜의 소환수 계약을
네가 대신 맺어 줄 수는 없어?”

순수하게 떠오른 생각인지 릭스가 그렇게 물었는데…….

“““““““…….”””””””

왠지 시노도 랜디도 세레피나도 애니까지도 거북하게 입
을 다물었다.

“……? 다들 왜 그래?”

“이, 일단…… 제삼자인 내가 너를 대신해 둘의 소환수
계약을 맺는 방법이…… 있기는…… 있는데…….”

왠지 시노가 말을 머뭇거렸다.

얼굴이 살짝 발그레하고 눈도 이리저리 굴러다녔다.

“뭐야, 있어?! 그럼 해 줘, 시노! 지금 당장!”

“자, 잠깐만 있어 봐……. 그걸 하려면…… 너랑 내가 어

떤 특별한 마법 계약을 맺어서 서로의 혼과 존재를 영적으로 이어야만 해. 그러면 내가 너의 대리로 계약을 맺을 수 있어…… 있는데…….”

“응? 그러니까 나랑 시노가 그 계약을 맺으면 되는 거잖아? 하자.”

릭스는 옆에 앉은 시노에게로 얼굴을 쭉 들이밀었다.

그러자 시노는 그 하얀 뺨을 서서히 붉히고 얼굴을 돌렸다. 말은 점점 더 알아듣기 힘들어졌다.

“아니…… 그, 그러니까 그 방법이…… 음…… 전에 너를 인간으로 되돌린 방법보다, 더 깊은 버전이라고 해야 하나……. 남녀 마술사 사이에서 나누는 마법 계약으로는 제법 일반적인 방법이기는 한데…… 그래도 이런 건 우리에게 아직 이른 감도 있고……. 그, 그게 좀…… 그러니까…….”

“뭘 말하고 싶은지 잘 모르겠네. 그 계약이 구체적으로 뭐야?”

“그, 글쎄, 말하지 않아도 알잖아?! 세……, ……, 엑……, ……, ……마술사가 『맺어진다』라고 부르는 행위야…….”

꺼질 듯한 목소리였다.

“맺어져? 잘 모르겠지만, 나랑 시노가 맺어지면 돼? 그러면 부탁해, 시노! 너와 맺어지게 해 줘! 지금 당장 너와! 여기서! 부탁이니까 맺어지게 해 줘! 돈이라면 얼마든지 줄 테니까!”

"계, 계속 말하지 마! 돈 얘기도 하지 마!"

시노의 얼굴이 끝내 토마토처럼 새빨갛게 익었다.

그리고 「돈 줄 테니까 맺어지자」라고 계속 보채는 릭스와 시노의 소란은 주변 일반 학생들의 이목을 끌었다. 다들 와…… 하는 표정을 짓고 있었다.

곧 릭스는 시노에게 가망이 없다고 생각했는지, 세레피나와 애니를 돌아봤다.

"이렇게 사정사정해도 안 해 줘?! 쪼잔해! 알았어, 이제 너한테는 부탁 안 해! 세레피나! 애니! 너희한테 부탁이 있어!"

"흐엑?!"

"어?!"

갑자기 화살이 자신을 향하자 세레피나와 애니도 얼굴이 확 붉어졌다.

"시노 대신 너희랑 한 번만 맺어지면 안 돼?!"

"흐에에에에엑?! 잠깐, 릭스?! 그대, 갑자기 그런 소릴—?!"

"어어어어?! 나, 나 처음인데, 그렇게 가벼운 장난처럼—?!"

"나, 나는 그런 건, 단계를 거쳐야 한다고 생각해서 말이다—?! 우선 데이트를 하거나 손부터 잡거나, 하으으으으."

"마, 많이 놀아 본 양아치한테 엉망진창으로 당하는 상황에 조금 로망을 느끼긴 했지만! 그래도, 그래도 그건 망상일 뿐이고~!"

갑작스러운 지명에 세레피나와 애니의 눈은 혼란스럽게

빙글빙글 소용돌이쳤다. 이미 정상은 아닌 것 같다.

"잘은 모르겠지만, 요컨대 여자라면 누구든 상관없는 거지?! 이렇게 된 이상 누구라도 괜찮아! 아무나 나랑 해 줘어어어어어어어어—!"

남자로서 할 수 있는 최악의 발언이 온 식당에 쩌렁쩌렁 울려 퍼졌다.

그곳에서 식사 중이던 일반 학생들이 마치 쓰레기를 보는 눈으로 릭스를 싸늘하게 쏘아봤다.

"대단한데, 릭스. 너 오늘만으로 얼마나 평가를 떨어뜨리려고 그래? 일부러야?"

랜디는 허무한 표정으로 그런 릭스를 흘겨보고 있었다.

"작 작 좀 해!"

쿵! 분노한 시노가 단장을 휘둘러 릭스에게 초중력 마법을 걸었다.

릭스가 그 자리에서 쥐포처럼 납작해지며 겨우 얌전해졌다.

"아무튼 이 방법은 안 돼! 아무리 그래도 그렇게 쉬운 여자가 될 생각은 없어! 애초에 맺어져 봤자 고룡종 재계약을 끝까지 진행할 수 있을지도 불확실하고!"

"그, 그것도 잘은 모르겠지만…… 시노가 그렇게 말한다면 그런 거겠지……. 앗! 맞아! 그럼 시노, 세레피나, 애니,

너희 세 명이 동시에 하면 되지 않을까?! 자, 셋 다 나랑 맺…… 꾸엑!"

"아직도 그 소리냐? 배짱 좋군, 여자의 적."

"릭스, 지금은 조용히 있어……. 나중에 내가 마술사 남녀 사이의 특별한 계약 방법이 뭔지 알려 줄 테니까……."

정성스럽게 릭스의 뒤통수를 짓밟는 시노를 보며 랜디가 한숨 쉬었다.

그 후 시노가 말을 이었다.

"그런 이유로 릭스, 네가 골라야 할 길은 두 번째야. 「트랜과 교섭해서 너와 맺은 예속 계약을 파기하기」. 반쪽짜리 계약이 퇴학 사유라면 트랜이라는 소환수를 포기하면 돼."

"그것밖에 없겠네. 새로 계약하는 것과 달리 계약 파기는 마스터의 동의만 있으면 제삼자가 대신하는 것도 어렵지 않다고 했었나?"

"고생해서 계약한 소환수를 굳이 남의 손으로 파기하려는 마스터는 보통 없겠지만, 그 말이 맞아."

시노가 긍정했다.

"뭐, 그렇게 파기할 때는 마스터가 소환수 근처에 있어야 한다는 조건이 붙지만…… 지금 릭스에게는 이게 가장 현실적인 방안 아니겠어?"

"그래. ……그렇다면 문제는 하나군."

시노의 중력장에서 간신히 기어 나온 릭스가 휘청대며

일어섰다.

"트랜 그 녀석, 어디 갔지?"

그랬다. 예의 소동 후, 트랜은 감쪽같이 자취를 감추고 말았다.

트랜의 목적은 릭스를 용병단으로 데리고 돌아가는 것이니까 틀림없이 이 학원 어딘가에 있을 테지만, 사람 한 명을 단서도 없이 찾아내기엔 이 학원은 너무 넓었다.

"너는 어떻게 된 게, 문제가 꼬리를 물고 터지냐?"

"젠자아아아아아앙! 대체 어디로 사라졌어, 트래애애애애애앤?!"

―그러던 그때였다.

"이야~! 여기 밥 정말 맛있네요~! 얼마든지 먹을 수 있겠슴다~!"

대뜸 뒤에서 익숙한 목소리가 들렸다.

"······엉?"

일동이 돌아보자 그곳에는―.

언제부터 그곳에 있었을까?

식당에 줄지은 긴 탁자 중 하나에 트랜이 앉아서 식사하고 있었다.

아니, 그건 「식사한다」라는 무난한 표현으로는 절대로 전해지지 않는다.

트랜의 주위에는 무수한 접시가 첩첩이 탑을 쌓아 올리고 있었다. 올려다봐야 할 정도의 그것은 불안하게 흔들거리며 당장에라도 넘어질 것 같았다.

그리고 마치 식당 메뉴 전시회라도 연 것처럼 다양한 요리가 식탁 한쪽을 빼곡하게 채우고 있었다.

트랜은 식사 예절도 뭣도 없이 그것들을 손으로 잡아 닥치는 대로 우걱우걱 입에 쑤셔 넣었다.

심지어 접시를 비우는 속도도 굉장히 빨랐다. 큼직한 로스트비프 덩어리나 접시 가득 채운 수프가 마치 마술처럼 트랜의 입속으로 빨려 들어갔다.

"트래애애애애애애애애애애앤—?!"

트랜을 발견한 릭스는 철천지원수라도 만난 표정으로 트랜에게 달려갔다.

"야! 트랜! 너 여기서 뭐 해?!"

"아, 형님! 안녕하심까~!"

미안한 기색도 없이 트랜이 생글 웃으며 인사했다.

"보면 몰라요? 밥 먹죠, 밥. 자고로 용병은 몸이 재산이니까요!"

"아니, 그건 맞는 말인데."

“식사 중 휴전도 용병의 규칙이죠! 그래도 배를 채우면 또 형님을 공격할 겁다! 목 닦고 기다려 주십쇼!”

“내 목숨이 점심보다 가치가 낮냐! 그런데 너, 어떻게 이 식당을 쓰는 거야?!”

에스토리아 마법 학원은 모든 학생이 기숙사에서 생활하여 학식은 기본적으로 무료였다.

하지만 당연히 그건 학원 관계자에게만 해당하는 이야기다.

“네? 트랜이 형님의 『소환수』인지 뭔지라고 하던데요? 그러니까 식당 아주머니들이 먹어도 된다고 했슴다!”

“아…… 그러냐…….”

“트랜이 배부르게 먹을 수 있는 건 형님 덕분임다! 고마워요, 형님!”

“그래도…… 다 먹으면 나를 공격할 거지?”

“물론이죠! 목 닦고 기다려 주십쇼!”

“하아아아…….”

릭스는 땅이 꺼지게 한숨 쉬었다.

그런 릭스 앞에서 트랜은 천진난만하게 식사를 계속 이어갔다.

어찌나 복스럽게 먹는지 보는 릭스가 흐뭇할 정도였다.

‘생각해 보면 처음 만났을 때부터 이랬지…….’

주변 사람…… 정확히는 릭스에게만 말썽을 일으키는 재주가 있었다.

예를 들자면 주인 주위를 빙글빙글 돌다가 주인의 발을 목줄로 묶어 넘어지게 하는 장난꾸러기 강아지 같은…… 그런 분위기다.

왠지 처음 만났을 때부터 릭스를 「형님」이라고 부르며 따르던 트랜.

그 이유는 짐작도 가지 않았다.

본인에게 물어도 「왠지 그런 느낌」이라는 모호한 대답밖에 돌아오지 않았다.

트랜이 무지막지하게 강하고 전우로서 믿음직하여, 실리를 무엇보다 중요시하는 용병 시절에는 딱히 신경 쓰지 않았지만…… 트랜이 왜 이토록 자신을 따르는지 새삼스럽게 궁금해졌다.

'뭐…… 지금은 죽이려고 달려들지만.'

잡생각을 그만둔 릭스는 행복하게 식사하는 트랜을 똑바로 봤다.

그리고 진지한 표정으로 말했다.

"트랜."

"응? 왜 그럼까?"

"너나 단장님한테 말없이 빠져나온 건…… 사과할게. 그래도 들어 줘. 나…… 마술사가 되고 싶어."

"혀, 형님……?"

"난 마술사가 돼서…… 싸움과 연이 없는 직장을 구하고 참한 색시도 얻어서 손주들에게 둘러싸인 침대 위에서 죽고 싶어……."

"분위기 확 깨네."

"얼굴만은 평소보다 진지하니까 더 어이가 없군."

뒤에서 랜디와 세레피나가 수군대는 소리가 들리지만, 지금은 무시한다.

"그래서 나는 용병단을 빠져나와 이곳 에스토리아 마법 학원에 온 거야. 아무리 트랜이 나를 끌고 가려고 해도, 나는 더 이상 용병으로 돌아갈 마음 없어. 정말로 죽는 한이 있어도. 그러니까……."

그때였다.

"그건 아니죠, 형님!"

주변으로 트랜의 고함이 울려 퍼졌다.

조금 전까지의 천진난만한 아이 같은 말투가 아니었다.

어딘지 모르게 절박하고, 슬픔마저 느껴지는 말이었다.

"……트랜?"

"그건…… 그건 안 돼요! 형님이 싸움을 그만둔다뇨……!"

트랜이 일어서서 필사적으로 릭스에게 매달렸다.

"형님, 말했잖아요! 「나는 어차피 검으로 싸우는 재주밖에 없는 놈」이라고! 「싸움 속에서만 생을 실감하는, 망가진 인간」이라고!"

"……?!"

"트랜도 똑같슴다……. 트랜도 싸우는 것 말고 아무 도움도 안 돼요……. 그래서 형님과 같이 약속하지 않았슴까……. 「죽을 때까지 함께 싸우자」라고…… 「우리가 늘 함께 싸운다면, 우리는 필요 없는 존재가 아니다」라고……. 그런데 형님이 싸움을 그만두면 트랜은, 필요 없는 애가 되잖아요……."

그렇게 슬프게, 절절하게 눈을 내리뜨는 트랜를 보고, 릭스는 문득— 진지한 얼굴로 생각했다.

'……어? 내가 그런 말을 했다고? 그런 약속 했었나?'

그날, 트랜과 처음 만났을 때부터 기억을 뒤져 봐도 전혀 떠오르지 않았다.

하지만 거짓말이라고 하기엔 트랜의 표정이 너무 절실했다.

릭스는 친구들에게 의견을 물으려고 돌아봤다.

"다들 지금 트랜이 한 말…… 어떻게 생각해?"

그러자 랜디가 릭스의 어깨를 탁 두드리고, 세레피나가 팔짱을 낀 채 고개를 주억거리며 말했다.

"너한테도 그런 시절이 있었구나……. 듣는 내가 다 민망하군."

"그래, 감수성이 풍부한 시기에는 자기가 특별하다는 느낌을 연출하고 싶게 마련이지."

"아니! 그런 게 아니라?!"

동정의 눈길을 보내는 두 사람에게 릭스가 버럭 소리쳤다.

"알잖아?! 내 평소 언동을 되돌아봐! 나는 더 싸우기 싫어! 그러니까 그런 소리를 할 리가 없다고! 그런 약속을 할 리가 없어! 전혀 기억이 안 나!"

"네……? 형님…… 그거…… 진심으로 하는 말임까……?"

그러자 트랜은 정말로 큰 충격을 받은 것처럼 눈을 동그랗게 뜨고 고개 숙였다.

"너무해…… 너무해, 형님…… 흑…… 으…… 훌쩍…… 우으……."

그리고 서글프게 눈물을 흘리기 시작했다.

그런 버림받은 강아지 같은 트랜을 보고…….

"쓰레기네."

"쓰레기군."

"쓰레기야."

"쓰레기일세."

"내 신뢰도, 놀랍도록 낮아?!"

친구들이 쓰레기를 보듯 눈을 흘겨 릭스가 머리를 감싸 쥐었다.

"애, 애초에! 그런 중요한 약속을, 소중한 동생과 나눴으면 무책임하게 혼자 용병단을 빠져나오지 않았겠지! 아무리 나라도!”

“알았어, 그렇다고 해 둘게.”

“하아~, 약속은 못 지키면서 입만 산 소인배는 언제나 변명하기 바쁘지.”

“나, 너희한테 무슨 원한 살 짓이라도 했어?!”

바로 그때였다.

“장난은 그만 끝내. 릭스가 자기 말에 책임을 지지 않거나 약속을 어기는 쓰레기인 건 지금 아무래도 상관없어.”

일동 중 가장 뒤에 있던 시노가 랜디와 애니를 밀어내고 엉엉 우는 트랜 앞으로 왔다.

“시노, 잠깐. 나는 상관있어.”

“상관없어.”

시노는 매달리는 릭스도 밀쳐냈다.

“지금 가장 중요한 문제는 트랜, 네가 릭스의 반쪽짜리 소환수인 탓에 릭스가 원치 않는 퇴학을 할지 모른다는 점이야.”

척! 시노는 트랜의 코앞으로 단장을 들이댔다.

“파기해, 그 계약. 미리 말하는데 이건 너를 위한 일이기도 해.”

그러고는 무슨 주문을 외며 마력을 끌어모은…… 직후.

"하악!"

갑자기 눈을 치켜뜬 트랜이 손을 뻗어 지팡이를 든 시노의 손을 잡았다.

우득…… 트랜의 막강한 악력으로 시노의 손뼈에서 위험한 소리가 났다.

"……?!"

시노는 격통에 얼굴을 찌푸리며 굳었고…….

"크르르르르르르르르르르르르르르르르르—!"

살벌하게 시노를 노려보는 트랜의 목에서 짐승 같은 소리가 새어 나왔다.

동시에 트랜의 존재감이 부풀어 올랐다.

"힉……."

"……앗, 아……?"

"뭐냐…… 이건……?!"

애니, 랜디, 세레피나까지 온몸에서 흘러나오는 식은땀이 멈추지 않았다.

트랜은 이렇게나 조그만 소녀인데. 언뜻 보면 순진한 어린애인데.

그런데 마치 산처럼 거대하고 강고한 무언가와 마주한

듯한 위압감과 존재감.

맹수 앞에 놓인 사슴의 기분을 쉽게 상상할 수 있는 절망과 공포.

이때, 이들은 확신했다.

지금까지는 트랜이 용이라는 이야기를 들어도 현실감이 없었다. 마음 한쪽에서 반신반의했다.

하지만 이 소녀는 틀림없이 「용」이다.

인간보다 훨씬 높은 경지에 있는 상위 존재—「용」의 환생이다.

지금 영혼이 그렇게 확신했다.

"크으……."

시노가 어떻게든 트랜의 구속에서 벗어나려고 하지만, 마치 쇳덩이 사이에 낀 것처럼 꼼짝도 할 수 없었다.

시노가 아무리 난리를 피워도 트랜의 몸은 미동조차 하지 않는다.

"「이 천것이…… 나에게서 검사님과 맺은 맹세의 연을…… **나의 전부를 앗아갈 셈이냐?**」"

트랜의 조그만 입에서 나온 말은 인간의 언어가 아니었다.

소리 자체는 짐승의 으르렁거림과 같다.

하지만 신기하게도 그것을 듣는 사람은 그 의미를 알 수 있었다.

'……용 언어?! 아니, 그보다…… 이 아이, **뭔가를 알고**

있어! 릭스와 맺은 반쪽짜리 계약에 관해서……!'

고통으로 표정이 일그러지면서도 시노는 머리를 냉정하게 굴렸다.

하지만 트랜이 담는 힘은 시시각각 강해졌다.

"「차라리 이 자리에서 끝장을 내 줄까? **마왕.**」"

"……?!"

트랜의 입에서 튀어나온 믿어지지 않는 단어에 시노의 눈이 확 커졌다.

그리고 시노의 팔이 트랜에게 완전히 으스러지려던 바로 그때.

"……그만해, 트랜."

릭스가 검을 뽑고 트랜의 목에 들이대고 있었다.

"시노를 공격하지 마. 시노는 내 소중한 친구야."

"리, 릭스……."

"「…….」"

"네가 시노를 공격하면…… 나는 너와 싸워야만 해."

일동이 마른침을 삼키며 지켜보는 가운데, 릭스와 트랜이 잠시 서로를 똑바로 노려봤다.

그리고 곧.

"「훗…… 그건 내가 원하는 바가 아니군. 좋다, 천것. 검사님을 봐서 네놈의 무례는 불문에 부치마.」"

트랜이 시노의 손을 놨다

"시노, 괜찮아?"

"응, 살짝 금이 갔을 뿐이야……."

괴로운 표정으로 팔을 붙잡는 시노에게 릭스가 걱정스럽게 물었다.

「허나 그 왜소하고 나약한 영혼에 새겨라, 미물들아. 나와 검사님이 맺은 맹세의 연에 간섭하는 자는 그 누구도 죽음을 면치 못할 것이다.」

마지막으로 그 말을 남긴 후, 트랜에게서 부풀어 올랐던 위압감과 존재감이 불현듯 사라졌다.

그 자리의 긴장감이 급속도로 이완되었다.

그리고…….

"응…… 어, 어라……? 트랜, 지금 대체, 뭘……?"

트랜이 잠에서 깬 것처럼 주변을 두리번거렸다.

완전히 원래의 트랜으로 돌아와 있었다.

"……나 참, 골치 아프네."

"그렇군…… 이건 생각 이상으로 뿌리가 깊은 문제야……."

랜디와 세레피나는 함께 한숨을 내쉬었다.

———.

—한편.

식당에 있던 **그 인물**은 릭스 일행을 관찰하며 생각에 잠
겼다.

'오호라…… 저 아이가 고룡종의 환생이라는 이야기는 사
실인가.'

그 인물의 정체는 《기도파》. 에스토리아 마법 학원에서
금기로 지정한 기도 마법을 추구하는 금단의 파벌이었다.

그 인물이 《기도파》라고는 주변의 누구도 상상하지 못하
리라.

'현세 《땅거미의 마왕》이 저 모양이어서야…… 협력을 얻
기는 힘들지. 그렇다면 우리는 우리의 힘으로 기도 마법의
정수에 도달해야 해. 당연히 그 길은 험난하기 짝이 없겠지
만…….'

그 인물은 어리둥절하게 눈을 깜빡거리는 트랜을 곁눈질
했다.

'저 애매한 계약에 묶인 고룡종…… 「쓸모」가 있겠어.
……시험해 볼까.'

그렇게 결심한 인물은 남몰래 희미한 미소를 띠었다…….

제4장 소환 마법

"퇴학을 피하기 위해서는 트랜과의 소환수 계약을 해결해야 해. 그리고 동아리를 찾아서 성과도 내야 하고. 이거 이미 끝난 거 아냐……?"

트랜과 재회한 점심시간도 끝나고, 오후 수업이 있는 교실로 이동하면서 릭스가 힘없이 중얼거렸다.

그런 릭스를 시노가 어이없다는 듯 꾸짖었다.

"정신 똑바로 차려, 릭스. 그걸 생각하는 건 어차피 방과 후야. 지금은 다음 수업에 집중해."

"암, 이 이상 성적이 떨어져서는 안 돼. 과외 활동의 성과로도 만회할 수 없을 정도가 되면 주객전도니까."

"공부라면 우리가 도와 줄 테니까 같이 열심히 해 보자, 알았지?"

시노, 세레피나, 애니가 저마다의 방식으로 릭스를 격려했다.

"이야~! 뭔지 잘 모르겠지만 고생이 많으시네요, 형님!"

릭스 옆을 쫄쫄 따라오며 트랜이 자기는 모르는 일인 양 말했다.

"……내가 지금 이 지경이 된 건 80퍼센트가 네 공로야, 트랜."

"트랜의 공로……?"

원망스럽게 내려다보는 릭스에게 트랜이 어리둥절한 반응을 보였다.

그러고는 엄지를 세우고 아주 해맑게 말했다.

"잘은 모르겠지만! 형님의 힘이 됐다면 영광임다!"

"비아냥거리는 것도 모르겠어?!"

콱! 릭스는 트랜의 머리를 두 손으로 붙잡아서 격렬하게 흔들어 댔다.

"그런데 트랜, 너는 왜 갑자기 우리랑 같이 있기로 한 거야?"

"홋…… 형님, 잊으셨슴까? 전장에서 살아가는 우리의 철칙을!"

있지도 않은 가슴을 쭉 내밀며 트랜은 자신만만하게 말했다.

"「적을 알고 나를 알면 백 번 싸워도 위태롭지 않다」!"

"응, 알지. 우리는 적도 자기 주제도 몰라서 백 번 내내 위태로웠지만. ……그게 왜?"

"형님에게 어울리는 건 피비린내 나는 전쟁터인데 왜 이런 곳에 왔을까? 트랜은 똑똑하니까 우선 이 적진이 어떤 곳인지 관찰하기로 했슴다! 보나 마나 이런 곳은 형님에게 어울리지 않을 게 뻔함다! 그러니까 그걸 밝혀내서 거리낌 없이 박살 내고, 아무런 뒤탈도 미련도 없이 형님을 데리고 돌아가겠슴다!"

"그런 말이 아닐 텐데……. 그리고 평범하게 무서워, 네 동생……."

그런 릭스와 트랜의 대화를 듣고 랜디가 시노에게 귓속 말했다.

"시노…… 저 녀석, 괜찮겠어? 그…… 아까는 누가 봐도 이상했잖아……?"

"응, 저 애한테는 뭔가 비밀이 있어. 그 비밀의 정체는 아직 모르겠지만."

시노가 가볍게 탄식하며 랜디에게 대답했다.

"그래도 아마 저 애는 릭스의 소환수 계약에 간섭하지 않는 한 위험하지 않을 거야."

"그렇다면 다행인데……."

그러던 그때였다.

"그나저나 트랜. 그대는 종잡지 못할 성격이지만, 실력이 출중하고 귀엽군. 나는 그대가 마음에 들었다! 장래에 릭스와 함께 이 몸의 부하가 되지 않겠나?"

"세레피나도 참, 틈만 나면 스카우트하려고 한다니까. 그런데 트랜, 아까 밥을 많이 먹던데 입가심으로 사탕이라도 먹을래?”

“두 사람 모두 고맙슴다! 감동의 도가니임다! 감사 표시로 이 학원을 때려 부술 때 두 사람만은 봐주겠슴다!”

시노와 랜디의 귀에 불쑥 그런 말이 들려왔다.

진심인지 농담인지 모를, 너무나도 위험하고 순진한 트랜의 대답이…….

“뭔가…… 다른 의미로 우리 곁에 두는 건 위험하지 않나……?”

“용병식 농담인가…… 아니면 단순한 윤리의식 결여인가…… 판단이 서지 않네.”

그야말로 언제 폭발할지 모를 폭탄을 옆구리에 낀 기분이었다. 시노는 피곤한 듯이 한숨 쉬었다.

“그래도 저 애는 우리 감시하에 둬야 해. 어떻게든 릭스와 트랜의 기묘한 계약 관계를 분석해야 하니까. ……그리고 고삐를 쥘 사람이 없는 소환수를 방치하면 반드시 문제가 터져.”

───────.

그곳은 소환 마법 수업에 사용되는 교실이었다.

도사가 학생들 앞에서 소환 마법을 직접 선보이기 위한 투기장 같은 구조며, 중앙에는 마법진이 들어간 원형 무대가 설치되어 있었다.

그런 교실 한쪽에서 수업이 시작되길 기다리며 랜디가 중얼거렸다.

"그나저나 소환 마법 수업…… 어떤 선생님이 올까?"

"나도 궁금해. 소환 마법 도사였던 안나 선생님이 부득이한 사정으로 「퇴직」한 뒤로 쭉 수업을 진행하지 못했는데."

"……그래, 그랬지."

랜디의 말에 시노가 담담하게 대답했고, 릭스가 씁쓸한 표정으로 맞장구쳤다(참고로 릭스 옆에서는 트랜이 신기하게 주변을 두리번거렸다).

그건 지금으로부터 약 2주의 이야기였다.

도사 안나 피요넬은 원래 소환 마법 도사였고, 마술사에게 필요한 스피어를 개방하지 못해 고전하던 시노와 릭스를 끈기 있게 지도해 준 선생님이기도 했다.

하지만 그 정체는 금단의 학벌 《기도파》의 멤버.

전생이 《땅거미의 마왕》인 시노의 힘을 목적으로 접근했을 뿐이며, 결국 시노에게 마수를 뻗었지만, 릭스가 사투 끝에 그 음모를 저지했다.

"이 학원 도사들…… 하나같이 개성이 너무 강하지 않아?"

"아, 아르카 선생님처럼 제법 상식적인 분도 계셔……."

대체 소환 마법 도사로 어떤 사람이 올까…… 모두가 긴장한 가운데, 수업 시작종이 울리기 직전에 교실 문이 열리고 어떤 인물이 모습을 드러냈다.

들어온 사람은 귀족 같은 풍모의 나이를 짐작하기 힘든 미녀였다.

위로 묶은 보라색 머리에 핏빛 같은 눈동자. 핏기가 옅어 밀랍같이 흰 피부.

요염한 숙녀로도, 산뜻한 소녀로도, 꽃봉오리 같은 어린 아이로도 보이는 그 인물은—.

"여러분, 늦어서 정말 미안해요."
""""아르카 선생님?!""""

흑마법 수업을 담당하는 아르카 클라우디아었다.

"전임 안나 선생님을 대신해 오늘부터 임시로 《백학급》 소환 마법 수업을 맡게 된 아르카 클라우디아예요. 사실 오늘 식당에서 디저트로 나온 푸딩이 일품이어서 말이죠. 정신없이 음미하다가 점심시간이 끝난 줄도 몰랐어요. 저도 아직 도사로서 미숙하네요…… 후후후."

"어, 어라? 그, 그래도 아르카 선생님은 흑마법 도사죠?! 소환 마법은 전문이 아닐 텐데—."

누가 그런 의문의 목소리를 흘렸고, 아르카가 그에 답했다.

"—라고 생각하는 여러분, 안심하세요. 우선, 존재 강도에 따른 장악 난이도로 소환수의 랭크가 E급에서 S급으로 나뉘는 건 이미 알고 계시죠?"

"「나의 초치(招致)에 응하라, 성스러운 불과 영혼의 안내자여.」"

아르카가 검지를 내밀어 허공에 오망성과 마법 문자를 휙휙 그리며 주문을 외웠다.

그러자 그 직후, 허공에 그려진 마법이 붉게 발광하며 시야 전체를 물들였다.

아르카 옆에 심홍색 불길이 회오리치고— 맹렬하게 타오르는 불은 진홍색으로 빛나는 거대한 새의 형태로 변했다.

날개를 펼쳐 아르카가 뻗은 팔에 앉은 **그것**은—.

"""""—피, 피닉스ㅇㅇㅇㅇㅇㅇㅇ—?!"""""

놀랍게도 S급 소환수로 유명한 불사조 피닉스였다.

"말도 안 돼애애애애애?!"

"A급 소환수만 장악해도 소환술사로서 초일류 아닌가요?!"

"S급은 전임인 안나 선생님조차 부리지 못했을 텐데—?!"

"S급 소환수를 장악했다면 이미 전설급 소환술사 아니야?"

그리고 그 놀라움은 릭스 일행에게도 예외는 아니었다.

"와, 놀랍네…… 설마 저게 나올 줄은."

"그래…… 설마 아르카 선생님이 불닭을 꺼낼 줄이야……!"

"굉장히 맛있어 보여서 놀랐슴다!"

"일단 말해 두는데, 놀랄 포인트는 그게 아니거든? 그리고 불닭 아니야."

눈이 휘둥그레진 학생들 앞에서 아르카가 온화하게 미소 지으며 손가락을 한 번 저어 피닉스를 허공으로 돌려보낸 뒤 말했다.

"신체 강화 마법, 흑마법, 백마법, 소환 마법…… 저는 마법이라면 다루지 못하는 분야가 없어요. 우연히 흑마법이 가장 특기였을 뿐이죠. 여러분 같은 마술사의 새싹들에게 소환 마법을 가르칠 자격은 충분하고도 남으니까 걱정하지 마세요."

""괴물이다, 이 사람ㅡ.""

흑마법 첫 수업에서 보여 준 아르카의 경이로운 실력을 다시 한 번 확인한 학생들은 놀란 눈을 뜬 채 입을 다물지 못했다.

"역시 이 학원은…… 다르윈 선생님이나 아르카 선생님이 최강이겠지……?"

"대체 누가 더 강할까……?"

"아니, 누가 봐도 이건 아르카 선생님이지……."

"아냐, 다르윈 선생님이 확실해. 너 몰라? **그 소문ㅡ.**"

"어흠. 잡담은 그만하고 바로 수업을 시작하죠."

학생들이 너무 놀란 나머지 차례차례 탈선하기 시작하자 아르카가 헛기침하며 수업의 시작을 알렸다.

————.

"오랜만에 수업이 재개됐으니까 간단한 복습부터 시작할까요. 애초에 소환 마법이란 무엇인가? 대답할 수 있는 분 있나요?"

그러자 애니가 손을 들어 답했다.

"네. 곤충이나 동식물, 마물이나 환수 같은 인간 외의 존재, 요정이나 정령 같은 개념 존재와 교신하거나, 혹은 지배하에 두며 사역하기 위한 마법입니다."

"모범답안 고마워요."

아르카가 애니에게 싱긋 미소 지으며 이어서 해설했다.

"지금 들은 그대로예요. 요컨대 「마법의 힘으로 인간 외의 모든 존재를 일방적으로 지배하고 노예처럼 사역」하는 오만하기 짝이 없는 마법이죠. 마술사의 말 중에 「그대, 바라는 것이 있다면 타인의 소망을 화로에 지펴라」라는 것이 있는데, 소환 마법이 딱 그 말을 대표하는 마법이에요. 사용할 때는 세심한 주의가 필요하고, 반드시 악용을 금지해야 할 마법이기도 해요."

마른침을 꿀꺽 삼키는 학생들에게 아르카가 질문을 던졌다.

"하지만 여러분은 이상하게 생각하겠죠? 「인간 외의 모든 존재를 지배한다」…… 아무리 마법이라도 어떻게 그게 가능한가? 하나의 생물로서 단순한 존재 강도만 놓고 보자면 자연계에서 인간은 결코 강한 편이 아니에요. 오히려 아래에서 세는 게 빠르겠죠. 그런데 어떻게 나약한 인간이 자신들보다 강한 생물이나 존재를 지배하고 사역할 수 있는가? 바로 신이 인간을 만물의 영장으로 삼기 위해 정하신 세상의 법칙이 있기 때문이에요."

아르카가 분필을 잡고 칠판에 글자와 그림을 그렸다.

"그것이―『진명』. 동식물, 마물, 환수, 요정에 정령…… 이 세계에서 살아가는 모든 존재의 『혼』에는 『진명』이라고 불리는, 그 존재를 정의하는 「고유의 이름」이 있어요. 그리고 『진명』을 안 자는 그 혼을 완전히 지배하게 되고, 그 『진명』에게 내린 명령은 이 세계의 모든 법칙보다 우선해요. 세계의 모든 존재가 이 『진명』에 묶여 있는데, 유일한 예외가 있어요. 바로 인간. 왠지 인간만은 『진명』이 없어요. 그 이유도 밝혀지지 않았죠. 이 세계에서 인간만이 불완전한 존재인 셈이에요. 하지만 그렇기 때문에― 인간은 만물의 영장이 될 수 있었던 거예요."

칠판에 요점을 적은 아르카가 학생들을 돌아봤다.

"자기 스피어를 통해 대상의 『진명』을 간파하고, 장악하고, 그 대상의 존재 자체를 뜻대로 소환해 부린다─ 이게 소환 마법입니다. 더 정확하게는「존재 지배술」이라는 이름이 더 알맞을지도 모르겠네요.”

“……생각 이상으로 부조리하고 흉악한 마법이네.”

랜디가 턱을 괴며 중얼거렸다.

“『진명』? 알려지기만 해도 거스를 수 없다는 게 말이 돼? 이기적일지 모르지만, 나는 인간이라서 다행이라는 생각만 들어…….”

“하하하, 랜디. 인간도 크게 다르지 않아. 고용주의 기분과 명령에 따라 죽을 게 뻔한 전쟁터로 돌격하기도 하잖아?”

“그건 일부 특수한 업계만 그렇고.”

그런 랜디와 릭스의 대화를 무시하고 아르카는 설명을 계속했다.

“사실 한 번 소환 대상의『진명』을 간파하고 장악하면 소환과 사역 자체는 그렇게 어렵지 않아요. 물론 소환에 필요한 마력과 스피어 강도는 갖춰야겠지만. 문제는 그 첫 단계인『진명』간파와 장악…… 여기에 무척 고도의 기술과 지식, 경험이 필요하다는 거예요. 주변에서 쉽게 볼 수 있는 쥐나 새 같은 조그만 동물조차 어렵죠. 소환 마법 수련은 전부 이 부분에 초점이 맞춰졌다고 말해도 과언이 아니에요.”

웅성거리는 학생들을 훑어보고 아르카는 선언했다.

“학생 여러분은 앞으로 1년 동안 이『진명』간파와 장악

방법— 즉, 『소환 계약 의식』의 구조와 기술을 배울 거예요. 그리고 2학년이 되기 전까지 아무리 작은 존재라도 좋으니까 자기 힘으로 『진명』을 장악해 『소환수』를 한 마리 거느리는 부분까지 진행할 예정인데…….”

그때, 아르카가 작게 미소 지으며 이런 말을 꺼냈다.

“사실 여기에 이미 『소환수』를 가진 학생이 있어요. 그것도 작은 동물이 아니라 무척 강대한 존재를 『소환수』로 삼은, 아주 우수한 학생이.”

아르카의 그 말에 교실이 살짝 소란스러워졌다.

“잠깐, 이 이야기는…….”

“나 참…… 괜한 주목은 받고 싶지 않은데.”

랜디와 시노가 안 좋은 예감에 얼굴을 찌푸린…… 그때였다.

“훗…… 역시 아르카 선생님은 못 속이겠네요.”

갑자기 회심의 미소를 지으며 일어서는 학생이 있었다.

“바로 나, 알프레드 로드스톤이 이미 강대한 『소환수』를 얻었다는 사실을 한눈에 간파하실 줄이야……. 역시 《흑요의 현자》로 이름난 아르카 클라우디아 선생님이군요. 그 혜안에 무한한 찬사를 보내겠습니다.”

알프레드였다.

알프레드는 위풍당당하게 웃고 있지만…….

“네? 앗…… 네. 알프레드도『소환수』를, 이미 가졌나 보네요.”

아르카의 그 어리둥절한 반응에 알프레드가 고개를 갸웃거렸다.

교실 안에서 키득키득하며 실소가 흘러나왔다.

“그, 그건 넘어가더라도…… 설마 저 말고 있다는 말인가요?! 이미 강대한『소환수』를 얻은 학생이?! 그게 대체 누구죠?! 헉?! 옳아, 세레피나, 너로군?! 천재인 너라면—.”

“나는 소환 마법은 아직 초보다. 벌레 한 마리 못 불러.”

“뭐라고?! 그렇다면 시노! 너지! 네 스피어는 보잘것없지만, 마법을 다루는 기술과 지식만은 나도 인정할 만큼 대단하니까!”

“아쉽지만 나도 아니야. 한 번 죽어서『진명』을 전부 잃—.”

“시노, 스톱.”

시노 뒤에 앉은 애니가 허둥지둥 손을 뻗어 시노의 입을 막았다.

“너, 너도 아니라고?! 큭…… 그럼 대체 누가—?!”

“그게…… 릭스인데요?”

“뭐어어어어어어어어어어어어어어어어—?!”

아르카가 허무하게 알려 준 이름에 알프레드가 눈을 치켜뜨고 릭스를 노려봤다.

“그럴 리가…… 네까짓 게『소환수』를?! 마법도 못 쓰는 네가?!”

“그보다 알프레드…… 너는 왜 몰라? 어제부터 학급 내에서 꽤 소문이 퍼졌을 텐데?”

“아마 친구가 없어서 늘 혼자 있기 때문이겠지.”

“알프레드, 불쌍해……. 누가 좀 사이좋게 지내 줘…….”

“관계없는 것들은 닥쳐!”

대뜸 비수를 꽂는 랜디와 세레피나, 애니에게 알프레드가 버럭 소리쳤다.

그리고 다시 릭스를 노려보며 도발하듯 코웃음 쳤다.

“흥…… 릭스, 마법도 못 쓰는 덜떨어진 네가 설마『소환수』를 가졌을 줄이야……. 대체 무슨 수를 썼나 모르겠군.”

“아, 그거? 나도 잘 몰라…….”

“무슨 헛소리야? 아무튼 보여 주실까, 너의 그 잘난『소환수』를. 내가 품평해 주지. 보나 마나 개나 고양이…….”

“아니, 이미 내 옆에 있어.”

“트랜임다!”

트랜이 활기차게 손을 들어 대답했다.

“““““……???”””””

그 순간, 교실이 술렁거렸다.

소문으로 릭스가『소환수』를 가졌다는 건 알았지만, 설마 릭스 옆에 있던 정체불명의 소녀가『소환수』라고는 아무도 생각하지 못했는지, 제자리에서 트랜을 뚫어지게 쳐다봤다.

그리고 트랜을 본 알프레드는—.

"하하하! 하하하하하하하하핫!"

갑자기 웃음을 터뜨렸다. 노골적인 조롱이었다.

"꼭 있지, 너같이 저급하고 비천한 것들이. 어디 가서 마술사라고 하지 마."

"뭐라고?"

"말해 봐, 릭스. 그 애는 요정족(엘프)인가? 아니면 수인족(테리안)? 확실히 그럭저럭 강력한 소환수야. 칭찬해 주지. 하지만 뭐가 됐건 아인종 여자를 소환수로 삼고 **그런 목적**으로 노예처럼 부리는 썩어빠진 녀석들이 있는데…… 너도 그런 부류였나 보군. 쳇…… 이래서 분별없는 평민들에게 마술사 자격을 주면 안 된다는 거야."

"야야, 알프레드. 잠깐, 이야기부터 들어 봐."

랜디의 제지를 듣지 않고 알프레드가 원형으로 트인 교실 중앙으로 뛰쳐나가 주문을 외었다.

"「오너라, 고고하고 늠름하며 용맹한, 날카로운 눈동자의 무리여」!"

알프레드가 단장으로 허공에 그린 오망성 마법진이 확산하며 마력이 하얗게 물들었다.

허공에 문이 열리고, 강대한 존재감을 가진 자가 소환되어— 모습을 드러낸다.

칼날처럼 날카로운 눈. 수리 같은 상반신과 날개. 사자 같은 하반신. 육체를 구성하는 근육은 우락부락하면서도 군더더기가 전혀 없고, 가공할 야성과 힘이 응축된 하나의 예술이었다.

무엇보다 보는 이를 압도하는 그 존재감.

그 마물이 이곳에 존재하는 것만으로 긴장감이 숨통을 조여왔다.

그 야성미 넘치는 아름다움과 위압감으로 학생들의 말문을 막아 버린 그 마물의 이름은—.

"A급 소환수— 수리사자 그리폰. 대대로 로드스톤 가문과 운명을 함께하는 맹우지. 어때, 릭스. 놀랐나? 이게 진짜 소환 마법이다. 진정한 소환 마법이란 충성과 신뢰로 맺어지는 혼의 계약. 운명 공동체지. 저열한 욕망을 채우기 위해 소환수를 고른 너와는 격이 다르고 각오도 달라."

말하지 않아도 서로 마음이 통하는 모양이었다.

그리폰은 알프레드 곁으로 다가와서 릭스를 적대시하듯 날카롭게 노려봤다.

서로를 완전히 신뢰하는 그 관계를 한눈에 알아본 릭스는 순수하게 대단하다고 감탄했다.

"릭스. 소환수 투기로 겨뤄보자."

"소환수 투기?!"

소환수 투기— 그것은 소환수의 능력을 겨루는 마술사의 결투 방식 중 하나다.

기본적으로 마술사 본인은 소환수에게 지시하거나 중요한 순간에 마력을 부여해 부스트를 걸 뿐이며, 직접적인 개입은 엄금.

즉, 소환수의 조련도와 무엇보다 신뢰 관계를 시험하는 결투다.

"네가 지면 그 아이와의 계약을 파기하고, 해방해 줘."

"아니…… 파기고 해방이고 나는―."

"받아 주겠슴다!"

릭스가 어떻게 사정을 설명할지 고민하는데, 트랜이 순진하게도 결투를 덜컥 받아들였다.

"그 그리폰과 싸우면 되죠?! 잘은 모르겠지만, 싸움이라면 트랜은 안 짐다!"

그러면서 트랜이 중앙 무대로 사뿐사뿐 달려갔다.

"큭…… 절대 강자인 그리폰 앞에서 스스로 그렇게 말해야 할 만큼 몰아세웠나……. 평민에게 마술은 너무 이르다고 절실히 깨닫게 되는군. 맹세하겠다! 귀족의 긍지를 걸고 그 아이는 내가 해방하겠다고……!"

릭스를 향한 알프레드의 분노와 증오가 점점 더 강해졌다.

"알프레드…… 그만…… 제발 그만해……!"

"그래…… 이건…… 이건 너무 잔인하다……!"

랜디와 세레피나가 눈물을 머금으며 결투를 막으려고 했다.

"흥! 여전히 릭스의 편을 드나? 갈수록 실망스러운 녀석들이야.”

“아니! 그게 아니야! 그런 게 아니라!”

“그래! 그대가 아니꼽긴 하지만, 생각보다 나쁜 인간은 아니라고 어렴풋이 알게 된 탓에 안쓰러워서……!”

“하하하! 왜 내가 안쓰럽지? 나의 A급 소환수 그리폰에게 이길 수 있는 건 아르카 선생님의 피닉스 같은 S급 소환수, 아니면 평가 대상 밖에 있는 EX급 고룡종 정도뿐이다!!”

“알프레드ㅇㅇㅇㅇㅇㅇㅇㅇㅇㅇㅇㅇㅇㅇㅇㅇㅇㅇㅇㅇㅇ—?!”

랜디는 울었다. 왠지 눈물이 멈추지 않았다.

“아르카 선생님! 이 부질없는 결투를 막아 주세요! 아르카 선생님!”

그리고 필사적으로 아르카에게 호소하지만…….

“응? 막아야 하나요?”

정작 아르카는 결투를 구경할 생각뿐이었는지 어리둥절한 반응이었다.

“반대로 왜 안 말려요?!”

“그야…… 재미, 있으니까?”

“누가 이 학원 선생 아니랄까 봐!”

그리하여 교실 중앙에서 트랜과 그리폰이 대치하고, 아르카가 주위에 결계를 펼치며 결투가 시작됐다.

“알지, 로디? ……상처는 주지 마. 적당히 전의만 꺾으면 돼."

『으르르르르…….』

알프레드의 지시를 듣고 그리폰이 대답하듯 낮게 울었다.
그리고 눈앞의 트랜을 위협하려는 양 포효했다.

『크롸아아아아아아아아아아아아아아아아아아
아아아—!』

교실 안의 공기를 쩌렁쩌렁 울리는, 그리폰의 압도적 박
력이 담긴 포효.
그 어마어마한 위력만으로 견학하던 학생 몇 명이 실신
할 정도였지만—.

"하아악—!"

찰나의 순간, 트랜의 기운이 크게 부풀고 트랜이 두 손을
들며 소리쳤다.
그 직후.
"으에에에에에에에에에엥?! 로디이이이이이이이이?!"
그리폰은 트랜 앞에서 벌렁 누워 배를 까고 움츠렸다.
『끼이잉…… 끼이이이잉…….』(부들부들)
"엉?! 뭐야?! 무슨 일이야, 로디이이이이이이이?!"

"형님! 이겼슴다! 칭찬해 줘요!"

"잘했어! 내가 말한 대로 상처 주지 않고 이겼구나! 정말로 대단해! 하아아아아아아, 다행이다! 심장 떨려 죽는 줄 알았어어어어어어어—!"

"에헤헤헤~♥"

머리를 쓰다듬어 주는 릭스와 기뻐 보이는 트랜.

그렇게 중앙 무대 위의 쇼를 펼치는 둘을 보고…….

"뭐…… 이렇게 되겠지."

"당연한 결과야."

"비교적 피해가 적어서 다행이야……. 알프레드의 체면 말고는……."

"아, 아하하……."

상황을 이해하지 못하고 눈을 슴벅거리는 학생들 사이에서 릭스의 친구들도 안도의 숨을 내쉬었다.

제5장 트랜과 함께

"좋아~! 오늘 수업 끝! 동아리를 찾으러 가 보자!"

"가 봅시다~!"

―방과 후.

학원 부지를 걸으며 릭스와 트랜이 두 손을 들고 사기를 충전했다.

"나중에 트랜이 이 학원을 박살 낼지도 모르지만, 힘내죠! 형님!"

"그래, 응원 고마워! 그때는 내가 너를 죽여 버릴 수밖에!"

"아하하~, 안 질 거예요! 그때는 형님의 머리만 들고 돌아가겠슴다!"

"하하하, 요 녀석!"

"꺄르륵♪"

"……나, 용병들의 거리감을 잘 모르겠어."

무척 화기애애하게 살벌한 대화를 나누는 릭스와 트랜을 보고 랜디가 황당한 눈길로 한숨 쉬었다.

"사이는 좋아 보이는데…… 독특하네, 저 두 사람의 거리와 생사관."

"사회 부적응자의 극치네."

"큭큭큭, 참 재미있는 녀석들이야. 함께 부하로 들이고 싶어."

그런 대화를 나누면서 일동이 향한 곳은─.

─────.

"""""비행술부에 온 걸 환영합니다! 1학년 여러분!"""""

"역시 비행술부 같은 상쾌한 동아리가 나한테 딱 어울린다고 생각해."

"그래, 그럴지도 모르지. 네가 하늘을 날지 못한다는 점만 무시한다면."

상쾌하게 웃으며 큰소리치는 릭스를 어이없게 쳐다보며 랜디가 평소처럼 태클을 걸었다.

그곳은 에스토리아 마법 학원에 넓게 트인 부지, 비행술 훈련장.

그곳에는 십수 명의 선배와 릭스 일행을 포함한 1학년 십수 명이 모여 있었다.

"나는 비행술부 부장, 소라 스카이라이너야."

1학년들 앞에서 긴 밤색 머리를 포니테일로 묶은, 스포티하며 활기찬 2학년 여학생이 싱글벙글 웃으며 말했다.

2학년이면서 이미 다양한 비행술 대회에서 높은 성적을 거둔 에이스라고 한다.

"모두 이미 수업에서 하늘을 나는 마법…… 【비행술】은 배웠지?"

1학년들이 고개를 끄덕끄덕했다.

마술사에게 【신체 강화 마법】이 「기초」라면 그다음 단계인 「필수 과정」에 해당하는 주문이 아홉 가지 존재한다.

그것이 【불 돌팔매】, 【뇌시(雷矢)】, 【방패】, 【물체 원격 조작】, 【조명】, 【염화】, 【치유】, 【수면】…… 그리고 【비행술】이다. 기초인 【신체 강화 마법】까지 합쳐 이 열 가지 마법을 다룰 수 있어야 비로소 마술사를 자처할 수 있다고 한다.

"참고로 나는 전부 못 해!"

"누구한테 하는 말이야? 참고로 나와 애니는 잘하고 못하는 건 있어도 대부분 할 수 있게 됐는데……."

릭스의 망언과 랜디의 태클을 무시하고 소라 선배가 설명을 이어갔다.

"그 【비행술】 마법을 써서 자유롭게 하늘을 날고, 다 같이 많은 곳에 가 보자…… 그게 우리의 활동이야. 그밖에도 속도 경쟁, 곡예비행처럼 【비행술】 기량을 겨루는 대회에 출전하기도 해. 하지만…… 그런 이유로 【비행술】 마법에 능숙하지 못하면 정말 아무것도 할 수 없어. 미안하지만, 입부 희망자들은 지금부터 입부 시험을 치를 거야."

그 순간, 입부하려던 1학년들이 불안하게 웅성거렸다.

하지만 그런 후배들을 안심시키려는 듯 소라가 말했다.

"괜찮아, 괜찮아. 그렇게 어렵지 않으니까! 입부 시험이라고 해 봤자 지금 너희의【비행술】실력을 측정하는 수준이야!"

그 말을 듣고 1학년들은 안도의 숨을 내쉬지만…….

"망했네."

"……."

랜디의 허탈한 목소리에 릭스가 울 것 같은 눈으로 굳어서 부들부들 떨었다.

"너……【비행술】이 필요할 때는 땅을 달려서 얼버무릴 셈이었지? 이건 초저공 비행이라고 하면서."

"으엑?! 아, 아냐아냐아냐! 그, 그런 치사한 짓을 할 리가 가가가―."

"내 눈 보고 말해. 애초에 하늘도 못 날면서 비행술부에 들어가려는 선택 자체가 이상했어. 자, 가자. 다른 동아리 찾으러."

"잠깐만 기다려 봐, 랜디. 나한테는 비책이 있어……."

―――――.

"……「나는 하늘을 나는 천익의 주인」!"

1학년이 정신을 집중하며 지팡이를 들고 【비행술】 주문을 외었다.

그러자 몸이 천천히 떠올랐고…… 땅에서 약 1미터 고도를 유지한 채 둥실둥실 나아갔다.

"크, 으으으윽?!"

그리고 50미터쯤 비행하고 한계가 온 것처럼 땅에 착지했다.

"허억, 허억, 후우, 후우…… 죄송합니다, 지금 저는 이게 한계네요……. 이러면 입부는 어려울까요?"

"아니야! 충분해! 앞으로 같이 연습하면 금방 저 정도로 날 수 있게 돼!"

그러면서 소라가 격려하듯 하늘을 가리켰다.

그곳에서는 상급생 부원들이 연습하는지, 엄청난 속도로 큰 원을 그리며 하늘을 붕붕 날고 있었다.

"와아…… 선배들 대단하네……."

50미터밖에 날지 못한 1학년은 존경하듯 하늘을 바라봤다.

"사실 나도 막 입부한 1학년 때는 지금 너와 크게 다르지 않았어."

"그, 그래요……? 그럼 저, 열심히 할게요!"

그런 훈훈한 선후배 앞에서…….

"봤냐? 랜디."

"뭘?"

"지금 학생…… 50미터밖에 못 날았는데 입부할 수 있
대."

"그게 왜?"

"달리 말하면─."

릭스가 의기양양하게 앞으로 나섰다.

"소라 선배! 다음은 제가 해도 될까요?"

"응, 해 봐! 편하게 해도 돼! 우선 이 선에 서서 저 방향
으로 어디까지 갈 수 있는지…… 응? 너, 왜 그렇게 선 뒤
로 물러나 있어……?"

고개를 갸웃거리는 소라를 무시하고 릭스는 선 뒤로 물
러났다. 멀리, 멀리 물러났다…….

그리고.

"《백학급》 1학년, 릭스! 시작합니다아아아아아아아아아
아아! 「나는 하늘을 나는 천익의 주인」! 우오오오오오오오
오오오오오옷─!"

맹렬히 질주했다.

후웅!

정면에서 보던 사람이 놓칠 만큼, 무지막지한 속도로 가
속한 릭스는─ 출발선 앞에 도달한 순간, 뛰었다.

나는 게 아니라, 뛰었다.

"선배들! 수고 많으심다!"(쉭!)

""""" 으잉?!"""""

상공에서 날아다니는 선배 부원들과 지나치며 인사하고, 더 높이 날아가— 이윽고 50미터 지점을 크게 웃도는 위치에 미끄러지며 착지했다.

"'그냥 멀리뛰기잖아…….'"

랜디, 세레피나, 애니의 속마음이 하나가 됐다.

"……큭, 이게 지금 내 한계인데…… 어떤가요, 선배? 이러면 입부는 어려울까요?!"

스스로의 역량을 한탄하면서도 어딘지 모르게 자신만만해 보이는 릭스에게…….

"응. 안 돼."

소라가 눈살을 찌푸리며 무자비하게 선고했다.

"왜요?! 제가 저 학생보다 멀리 날았잖아요?!"

"안 날아서 아닐까."

"솔직히 이렇게 될 줄 예상은 했지만, 여전히 릭스는 괴물이로군."

멀리서 랜디와 세레피나가 조용히 감상을 말했다.

"가끔 있지…… 【비행술】 마법만은 아무리 해도 못 쓰는 아이가. 이 입부 시험은 그런 아이를 거르기 위한 목적으로……."

“「만」이 아니지만요, 걔는.”(중얼)

“뛰어난 【신체 강화 마법】으로 속여도 소용없어. 아쉽지만, 릭스. 부장으로서 네 입부는 인정할 수 없어⋯⋯. 미안⋯⋯. 그래도 그 【신체 강화 마법】 실력이라면 다른 동아리에서 더 활약할 수 있을 거야⋯⋯.”

그러던 그때였다.

생각지도 못한 곳에서 구원의 손길이 내려왔다.

“꼭 【비행술】 마법으로 나는 게 최선은 아니잖아요? 솔직히 하늘을 날 수만 있으면 그만이니까.”

그건 팸플릿으로 각 동아리의 이념이나 활동 내용을 확인하던 시노였다.

그녀가 팸플릿을 착 접고 소라를 곁눈질했다.

“시노?!”

질주해서 돌아온 릭스가 시노의 발언에 놀라는데, 시노는 주위를 흥미진진하게 두리번거리는 트랜에게 말을 걸었다.

“네 차례야, 소환수.”

“응? 트랜 말임까?”

“그래. 너, 날 수 있지? 릭스를 업고 날아 줘.”

그리고 시노가 릭스의 가슴을 손가락으로 쿡 찔렀다.

“잘 들어. 소환수의 힘은 마스터의 힘이야. 즉, 마스터인 마술사의 마법과 마찬가지지. 알겠어? 반쪽짜리라도 너는 트랜의 마스터야. 트랜의 힘은 너의 마법. 이걸 활용하지 않으면 어떡해?”

“그, 그래?! 그렇구나! 좋았어, 트랜! 지금 시노가 말한 대로 해 줄 수 있어?!”

“식은 죽 먹기죠, 형님!”

천진난만하게 대답한 트랜이 등에 용 날개를 펼쳤다.

그리고 땅바닥에 네 발로 엎드렸다.

“자, 형님! 타세요, 타!”

“그, 그래.”

릭스는 트랜의 등에 떡하니 책상다리를 하고 앉았다.

정말로 용의 환생인지, 트랜의 등에 앉아도 불안함은 눈곱만큼도 느껴지지 않았다. 오히려 큰 바위 위에 앉은 것처럼 한없이 안정적이었다.

“그럼 갑니다! 하아아아아아아아아아압!”

그 직후, 트랜이 힘차게 날개를 퍼덕여 거의 폭풍 같은 풍압과 함께 하늘로 날아올랐다—.

“오, 오오오오오오오오?!”

땅이 점점 멀어지고 하늘이 가까워지는 광경에 릭스는 자기도 모르게 흥분했다.

“트랜에게 올라타서 하늘을 나는 건 처음이지만, 이거 재미있는데!”

“그렇습까?! 트랜도 형님과 나니까 왠지 엄청 즐겁습다!”

“그래?! 트랜이 괜찮다면 매일 이렇게 활동하는 것도 나쁘지 않겠어!"

"트랜은 무조건 OK죠!"

그런 식으로 즐겁게 떠드는 두 사람을, 지상에 있는 학생들이 물끄러미 주시했다.

"……훗."

확정 났네. 그렇게 말하듯 미소 지은 시노가 소라에게 말했다.

"일단 물을게. 어때? 이래도 릭스를 입부시키지 못하겠어?"

시노의 그 물음에 소라가 조용히 대답했다.

"응. 안 되겠어. 미안."

"뭐, 그렇겠지."

시노는 알고 있었던 것처럼 급속도로 무표정이 되었다.

그리고 다시 하늘에 있는 둘을 올려다봤다.

"아하하! 형님! 바람이 상쾌하네요!"

"그러게 말이야. 오, 저건 뭐지? 저쪽으로 가보자, 트랜."

"알겠습다!"

다 큰 남자가 어린 소녀를 깔고 앉아, 자기는 손가락만 까딱이며 지시 내린다.

그건 상상보다도 훨씬—.

““못 봐 줄 광경이네…….””

두 사람을 지켜보는 모든 학생의 속마음이 완전히 하나
가 된 순간이었다.

————.

이리하여 릭스의 동아리 찾기는 계속됐다.
학원에 있는 동아리를 며칠에 걸쳐 하나하나 돌아봤다.

2일 차— 신체 마법 경기부.
【신체 강화 마법】을 하염없이 연마해 다양한 육상 경기나
체조에 활용하는 동아리에서.

“하아아아아아아아아아아아아아압—!”
“아, 아니이이이이이이이이이이이이이이이잇—?!”
맨몸으로 질주해 선배 부원들을 단숨에 제쳐 버리는 릭스.

“이야아아아아아아아아아아아아아아아압—!”
“아, 아니이이이이이이이이이이이이이이이이잇—?!”
맨몸으로 포환을 던져 선배 부원 누구보다 멀리 날리는
릭스.

"크오오오오오오오오오오오오오오오오오오오오오옷—!"

"아, 아니이이이이이이이이이이이이이이이이이이이이이잇—?!"

맨몸으로 도약해 선배 부원 누구보다 높은 장대를 뛰어넘는 릭스.

"으랏차아아아아아아아아아아아아아아아아아아아아아아아아아아—!"

"아, 아니이이이이이이이이이이이이이이이이이이이이이이이이잇—?!"

맨몸으로 선배 부원 누구보다 무거운 바벨을 들어 올리는 릭스…….

"어떤가요?! 선배들!"

쾅! 콰직! 땅이 반쯤 함몰될 만큼 무거운 바벨을 던져 버린 릭스가 신체 마법 경기부 선배들을 돌아봤다.

"마법을 쓰지 못하는 저는 받아 줄 수 없다고 하셨지만! 이 정도면 신체 마법 경기부에 받아 주시겠죠?! 통하잖아요?!"

릭스는 희희낙락 묻지만…….

"미안, 안 돼."

"왜요?!"

"왜냐하면 우리…… 오늘부로 이 동아리를 폐부할 거니까."

"왜요오오오오?!"

"우리, 자신감 잃었어……."

"훌쩍…… 설마 마법도 못 쓰는 인간한테 이렇게 가차 없이 패배하다니……."

"우리의 3년은 대체, 뭐였을까……?"

"이제, 출가해서 식물 같은 여생을 보내야지……."

"잠깐만요?! 선배드으으을?! 어디 가요, 선배드으으으으을?!"

털레털레 경기장을 떠나는 선배들을 필사적으로 쫓아가는 릭스.

"……여기도 글렀네."

"으음…… 괜찮아 보였는데, 역효과가 났나……."

"평범하게 마술사로 살아가는 사람한테 릭스는 상식을 파괴하는 독약 같은 존재니까……."

친구들이 그런 릭스를 보며 한숨 쉬었다.

———.

3일 차— 소환수 투기부.

자신이 소지한 소환수를 조련해 싸우게 하는 동아리에서.

"가라! 트랜!"

“하아아아악—!”

『꾸이이이이이이잉?! 깽! 깨갱!』

트랜이 위협하자마자 대치하던 마랑 펜리르가 배를 까고 항복 포즈를 취했다.

“이, 이럴 수가?! 부장의 펜리르마저……?!”

“뭐야, 저 소환수는……?!”

“저게 고룡종……? 너무 강해……!”

소환수 투기부 선배 부원들이 소란을 떨었다.

그런 선배들에게 릭스가 의기양양하게 말했다.

“전승! 완전 승리! 어떤가요, 선배들?! 제 소환수 트랜의 힘이?! 그런 약해 보이는 소환수로는 어림도 없다고 말씀하셨지만…… 이 정도면 저를 받아 주시겠죠?!”

“““““미안, 안 돼.”””””

“왜요?!”

못마땅한 눈치인 선배 부원에게 릭스가 버럭 소리쳤다.

“이유가 뭐예요?! 설마 소환수 계약이 반쪽짜리라서 그래요?! 아니면 저 같은 초짜한테 져서 분하신 건가요?!”

“그것도 맞지만, 그게 아니라…… 가장 큰 이유는 그…… 아무리 고룡종이라도, 다 큰 남자가 가녀린 소녀 뒤에서 명령하며 마물과 싸우게 하는 건…… 뭔가 그림이…… 상상 이상으로 안 좋아…… 안 좋아도 너무 안 좋아…….”

“또 보기 안 좋다는 이유로?! 그게 그렇게 중요한 문제예요?!"

"솔직히 인간쓰레기로밖에 안 보여, 너!"

"이 모양인데 다른 학교와의 경기에 내보낼 수 있겠냐!"

"우리까지 욕먹는다고!"

"너무해?!"

릭스에게 신랄한 비난이 쏟아졌다.

"……여기도 안 되나."

"생각보다 문제가 많네. 차라리 트랜이 여자애가 아니라 정말 용의 모습이었다면 해결됐을 텐데."

"아, 아하하……."

친구들이 벌써 포기하는 분위기로 기운 그때였다.

"아잇, 정말! 알았어요! 트랜이 싸우는 게 불만이면, 제가 트랜 대신 소환수와 싸우면 되죠?!"

"되겠냐?! 너, 소환수 투기라는 말 몰라?!"

"애당초 마법을 못 쓰는 평범한 인간이 훈련받은 소환수와 싸우겠다고?!"

"좋아, 나도 열받았어! 우리 소환수가 얼마나 강한지 그 몸으로 직접 느껴봐라! 덤벼, 1학년! 우리 소환수를 우습게 본 걸 후회하게 해 주마!"

"좋았어! 우오오오오오오오오오! 한 수 부탁드립니다, 선 배드ㅇㅇㅇㅇㅇㅇ을!"

※전승했습니다.

※선배들이 자신감을 상실하고 폐부를 검토해서 아득바득 말렸습니다.

――――.

이렇게 릭스는 각종 동아리의 문을 차례차례 두드렸지만, 슬프게도 어딜 가나 문전박대였다.

역시 마법을 못 쓰는데 행동 하나하나가 상식을 파괴하는 릭스라는 인재는 이 마법 학원에서 너무나도 이질적이었다.

그리고 동아리를 순회하며 우여곡절 끝에 도착한 곳은…….

5일 차―.

"""""연금술부에 온 걸 환영해요! 1학년 여러분!"""""

"역시 연금술부처럼 지적인 동아리가 나한테 딱 어울린다고 생각해."

"그래, 그럴지도 모르지. 지적이라는 말이 너와 가장 거리가 먼 단어라는 점만 무시하면."

상쾌하게 웃으며 큰소리치는 릭스를 어이없게 쳐다보며 랜디가 평소처럼 태클을 걸었다.

그곳은 에스토리아 마법 학원 교사 내에 있는 마법 실험실.

방과 후에는 연금술부의 활동 장소로 이용되는 그곳에 선배 학생 몇 명과 릭스 일행을 포함한 1학년 열 명 정도가 모여 있었다.

"내가…… 연금술부 부장…… 엘시 아리스탄……이야."

대책 없이 기른 머리카락이 눈가를 가려 외모가 잘 보이지 않는 2학년 여학생이 1학년들 앞에서 웅얼웅얼 말했다.

"너희가…… 수업에서 하는…… 마법약학과…… 마도구 제작…… 이건 원래…… 연금술에서 파생했다는 거…… 알지……? 연금술부는…… 다양한 고전적 연금술 마법 실험을 하고…… 즐겁게…… 마법약학이나…… 마도구 제작에 관한…… 이해와 지식을 더 넓혀 나가는…… 그런 동아리……."

"아아, 나는 선배가 하는 말을 알겠어. 쉽게 말해 이런 거지? 현대의 세련된 전장 검술은 원래 전쟁터에서 휘둘러대던 원초적 폭력에서 서서히 확립된 거야. 그 원초적이고 정제되지 않은 폭력을 즐기면서 현대의 전장 검술이 얼마나 합리적인지 더 깊이 이해하자. 이게 온고지신이지!"

"릭스…… 릭스, 너는 진짜……."

이미 태클에도 지쳐 버린 랜디였다.

"그럼 바로…… 1학년 여러분은…… 체험 입부로…… 우리와 함께…… 어떤 마법 실험을…… 해…… 보자……."

그렇게 릭스 일행은 연금술부 체험 입부를 시작했다—.

—————.

　마법 소재와 연금술 실험 기구가 놓인 각 실험대에 1학년들이 균등하게 나뉘자 엘시가 이렇게 선언했다.

　"지금부터 다 같이『마법 폭죽』을…… 만들 거야…… 우후후……."

　"안 돼애애애애애애애! 절대로, 안 돼애애애애애애애애애애—!"

　랜디가 반사적으로 거부했다.

　"……어……? 왜……? 랜디……."

　엘시가 길게 자란 머리카락 사이로 놀란 눈을 동그랗게 뜨며 물었다.

　"저 녀석들이 있으니까요—!"

　랜디가 울면서 뒤쪽을 가리켰다.

　그 실험대에는—.

　"형님~! 지금부터 폭죽을 만든대요!"

　"간단하네! 폭탄 제작은 우리도 전문가니까! 용병단에서는 우리가 제일 잘했지?!"

　"그랬죠! 으음, 그립네요……. 어떻게 하면 사람을 더 효율적으로 죽일지, 형님과 둘이서 머리를 맞대고 고민했는데……."

　"그래…… 안에 뾰족한 금속 파편을 섞기도 하고……."

　"맞아요…… 후훗, 그 시절에는……."

"거기! 살벌한 이야기를 추억담처럼 얘기하지 마!"

성실하게도 신신당부한 뒤 랜디가 엘시를 돌아봤다.

"아무튼! 폭죽은 불길한 예감밖에 안 드니까 그만둡시다! 선배는 죽고 싶으세요?!"

"호, 호들갑이…… 심하네……."

거품을 물고 호소하는 랜디에게 엘시는 애매하게 웃을 뿐이었다.

"이미…… 도구는…… 준비했고…… 재료도…… 취급에 주의가 필요한 물건은 있지만…… 그래도…… 만드는 건 주문으로 발동하는 마법 폭죽…… 흔히 화약으로 만드는 평범한 폭죽이나 폭탄과는…… 달라……. 일부러 마법 불을 붙이지 않는 한…… 폭발하지도 않아……. 그리고…… 괜찮아…… 내가 제대로 감시할…… 테니까……."

엘시는 랜디를 안심시키려는 것처럼 웃어 보였다.

"음…… 마법 불을 붙이지 않는 한…… 괜찮다……?"

그렇다면 저 고릴라 2인조라도 오폭할 걱정은 없겠지만…….

랜디는 아무래도 일말의 불안을 떨쳐낼 수 없었다.

그리하여 연금술부 선배들의 지도를 받으며 신나고 재미있는 연금술 마법 실험이 시작되었다―.

"우선…… 책상 위에 있는 각종 마법 소재를…… 사용할 수 있는 형태로 가공할 거야……. 이런 사전 준비는…… 연금술 마법 실험의 성공 여부를…… 크게 좌우……하니까.”

“오호라.”

릭스 앞에는 큰 돌덩이가 있었다.

“우선 이 줄무늬가 들어간 검은 돌……『작염 흑석』……. 이게 화약이야……. 이걸 썰어서…… 잘게 만들 거야…….”

“그렇군, 이걸 썬다.”

“그래도 이건 무척 단단하고…… 불 속성을 가져서…… 이 진은제 마법 나이프에…… 불의 반대 속성인 물 속성을 부여하면…… 마치 버터처럼…….”

“하아아아아아아아아아아아아아아아아압—!”

서경!

“좋아, 썰렸다아아아!”

“역시 형님임다! 언제 봐도 멋진 「바위 가르기」임다!”

설명하는 엘시 뒤에서는 릭스가 검으로 암석을 두 동강 내고 있었다.

“좋아! 이 방식으로 잘게 만들어 볼까!”

“형님! 파이팅!”

촥! 촥! 촥!

미스릴 마법 나이프로밖에 자르지 못한다는 돌을 릭스가 점점 작게 깎아 내렸다…….

"……???"

잠시 그 이해하지 못할 광경을 멍하니 바라보던 엘시는 곧 정신을 차리고 해설을 계속했다.

"다, 다음은…… 이 잘게 썬 『작염 흑석』을…… 이 특별한 마법제 막자사발과 막자로 더 작은 분말 형태로…… 만들 거야……. 여기까지 오면…… 날붙이로는 못 자르니까…… 막자에 물 속성과…… 막자사발에 미세한 진동 마법을 걸어서……."

"트랜! 부탁해!"

"알겠슴다!"

엘시의 등 뒤에서는 릭스가 잘게 깎은 돌 파편을 트랜이 두 손으로 꽉 잡고…….

우득우득, 콰드드드드득!

무시무시한 악력으로 으스러뜨리고 있었다.

그러자 솔솔솔~! 트랜이 쥐었던 손 사이로 부드러운 분말이 흘러내렸다.

"……응?! 어, 어라……?"

그 광경에 엘시가 결국 눈을 크게 뜨고 굳어 버렸다.

"봐…… 역시 선배가 당황했잖아……. 우리가 붙어 있지 않아도 괜찮은 거야……?"

다른 실험대에서 똑같이 실험에 참가하던 랜디가 투덜거렸다.

랜디는 그 『작염 흑석』을 미스릴제 마법 나이프로 깎는 중이었다. 나이프 속성 조작에 익숙하지 않은 탓인지, 절단에 깨나 애를 먹고 있었다.

"여긴 연금술부의 영역이야. 실험 진행에 우리가 멋대로 참견하면 체면을 구기게 돼. 그냥 무시해."

한편, 시노는 익숙한 솜씨로 돌에 가로세로로 무수한 칼집을 넣고, 타다다다다닥─! 돌덩이를 빠르게 다졌다.

"오…… 시노, 솜씨가 훌륭하군! 멋진 칼질이야!"

"요리 잘하는 엄마 같아!"

"누가 엄마야."(타다다닥!)

그렇게 실험은 진행되었고…….

"다…… 다음은…… 『폭정석』……. 이건 작염 흑석과…… 비교가 안 되게 단단하니까…… 이번에는 정말로, 이 미스릴제 마법 나이프로……."

"으랏차아아아아아아아아아아아아아아아아아아아아아─!"

릭스가 **천장**을 차고 그 낙하 속도와 무게를 실어서 검을 내리치자─.

콰아아악!

"성공이다! 형님의 「천공 바위 가르기」!"
"어…… 어어어……?"

————.

"……다음은 폭죽의 핵심…… 별…… 각종 불꽃색 반응재
를 조합할…… 거야……. 우선 이거…… 『원령목 열매』……
마수(魔樹)라고 불리는 마물에서 나오는 소재……. 이 열매
과즙에 깃든 나무의 원념이…… 정화될 때 아주 맑은 푸른
빛을 내……. 이 과즙을…… 전용 착즙기로 짜낼 건데……
다이아몬드만큼 단단한 데다가…… 잘못하면 저주받으니
까…… 악령을 쫓는 결계를 펼치고 세심한 주의를……."
"으으으으응~!"
꾸구구구구구국~! 줄줄줄줄—!
트랜이 한 손으로 사과를 으깨듯 원령목 열매를 쥐어짰다.
"역시 트랜이야! 그러고 보니 이렇게 주스를 만들어 주기
도 했지……."
"그런 일도 있었죠, 형님!"
"어라? 그래도 열매 찌꺼기에서 이상한 검은 연기가 나
와서 너한테 달라붙으려고 하는데…… 괜찮아?"

『으어어어어어어어…….』

"트랜은 강하게 컸으니까 괜찮슴다!"(팡!)

『억…….』(쉬이이이이익…….)

"으응……??? 저, 저기…… 이거 그대로 당하면, 일류 마술사도 사흘은 앓아눕는 저주……인데……? 아니, 애초에…… 으으응……?"

"엘시 선배. 저 녀석들이 하는 짓을 일일이 신경 쓰지 마세요. 머리 빠져요. 실제로 피해를 주지 않는 한 방치하는 편이 나아요."

혼란에 빠져 커다란 눈이 핑핑 도는 엘시의 어깨를 탁 두드리며 랜디가 충고했다.

—그렇게 이런저런 우여곡절 끝에.

"……내, 내가 아는…… 연금술과…… 다른 느낌이…… 들어……."

모든 공정이 끝날 무렵, 엘시의 표정은 피로에 절어 있었다.

"완성! 이게 우리의 최고 걸작이다!"

"역시 대단함다, 형님!"

릭스와 트랜 앞에는 만듦새가 조금 삐뚤빼뚤한 대형 폭죽 세 개가 놓여 있었다.

"그런데 재료가 많이 남았네요?"

“너무 열심히 했나……. 그래도 문제는 없겠지, 아마.”

“오오, 너희도 성공했네? 솔직히 옆에서 볼 때는 불안불안했어.”

“흥. 릭스치고는 잘한 편이네.”

랜디와 시노 쪽도 작업이 끝났는지 폭죽을 몇 개 안고 릭스에게 찾아왔다.

주위를 돌아보니 똑같이 폭죽을 완성한 그룹이 드문드문 보였다.

“그러면…… 바로 밖에서 쏘아 올려…… 보자…… 애들아.”

엘시의 인솔을 따라 1학년들은 우르르 밖으로 나갔다.

그리고…….

“―「내려라, 감추어라, 밤의 장막」.”

엘시가 왼 【밤의 장막】 주문으로 안뜰 일대가 밤으로 변하며 임시 불꽃 축제가 시작됐다.

“그럼 다들…… 이 발사대에 폭죽을 하나씩 넣어 봐…….”

연금술부 선배들이 마련한 발사대는 원통 모양이었다.

측면에는 마정석이 붙어 있었다.

“이 마법 불꽃놀이…… 말로 설명하면…… 마력 파장이 다른 각양각색의 마법 불을…… 한꺼번에 기동해서…… 폭죽처럼 터뜨린다……. 대충 그런…… 방식이야.”

“오호…… 각양각색의 마법 불을 한꺼번에요?”

엘시의 해설을 듣고 릭스가 흥미롭게 고개를 주억거렸다.

“그래……. 그러니까 폭죽에 직접 불을 붙이는 건…… 불가능하진 않지만, 제어가 어렵고…… 위험하니까…… 이 발사대를 써……. 이 발사대의 마정석 부분에 접촉해서 불 마력을…… 색이 붉어질 때까지 불어넣고…… 붉어지면…… 그 이상…… 마력을 불어넣지 마…….”

바로 1학년들은 엘시가 말한 대로 조심조심 작업을 시작했다.

그런데 폭죽을 넣은 발사대 앞에서 릭스가 난감한 투로 말했다.

“음…… 죄송하지만 엘시 선배, 사실 제가…… 마법을 못 써서요…….”

지금까지 숨기던 비밀(본인 딴에는)을 털어놓은 릭스는 어색하게 머리를 긁적거렸다.

“마법을 못 쓰는 주제에 왜 이 동아리에 왔냐고 선배는 화낼지도 모르지만…….”

하지만.

“아니…… 알아……. 네가 그 소문 자자한 특대생, 릭스라는 거…….”

“……!”

엘시의 예상치 못한 대답에 릭스는 놀랐다.

“마법을 못 쓰는 아이가…… 이 학원에 있다는 게 놀라웠어……. 하지만 실제로 만나고…… 더 놀랐어……. 뭔가…… 대단하네, 너…….”

“저…… 알면서도 체험 입부를 시켜 주신 건가요……?”

“응…… 연금술도…… 마법을 써야 이래저래 편하지만…… 새로운 이론 개발이나 발명, 발상…… 마법 없이도…… 할 수 있는 일은 많으니까…….”

그리고 엘시는 길게 기른 머리카락 사이로 릭스를 보며 미소 지었다.

“그리고…… 가장 중요한 건, 함께 즐겁게 할 수 있는지…… 재미를 느끼는지…… 아닐까……?”

“서, 선배…….”

그리고 엘시는 릭스가 보는 앞에서 뭔가를 꺼냈다.

그것은 작은 금속 육면체였다.

개폐되는 구조인지, 엘시가 엄지로 육면체 윗부분을 누르자 뚜껑이 벌컥 열렸다. 그리고 작고 붉은 보석이 드러나며 불이 붙었다.

“선배? 그건 뭐죠?”

“마도구……『플레이터』. 화력은 약하지만…… 누구나 쉽게 마법 불을 붙일 수 있어……. 너한테 줄게.”

엘시가 뚜껑을 탁 닫고 그것을 릭스에게 건넸다.

“그걸 쓰면…… 마법을 못 쓰는 너도…… 마법 폭죽에 불을 붙일 수 있어⋯⋯.”

“가, 감사합니다, 선배!”

릭스는 바로 플레이터 뚜껑을 열어 불을 붙였고 발사대의 마정석에 마력을 불어 넣었다. 마정석은 금방 빨갛게 변했고 릭스는 불을 떨어뜨렸다.

“응⋯⋯ 이 정도면⋯⋯ 됐나⋯⋯? 이제 괜찮아⋯⋯. 자, 떨어지자⋯⋯.”

엘시의 지시에 따라 릭스와 트랜이 그곳에서 떨어졌다.

그리고 10초 후.

퉁! 시원한 소리와 함께 발사대가 빛덩이를 하늘로 쏘아 올렸고—.

퍼엉!

머나먼 상공에서 색색이 빛나는 아름다운 꽃을 피웠다—.

“오오오오오오오—?! 멋져!”

릭스는 주먹을 불끈 쥐며 환성을 질렀고⋯⋯.

“⋯⋯!”

트랜은 눈을 동그랗게 뜨고 하늘을 바라보고 있었다.

하지만 불꽃은 순간의 섬광. 그 아름다운 꽃은 금방 어둠 속으로 사라졌다.

“머, 머, 멋집다—!”

불꽃이 사라지고야 정신을 차렸는지, 트랜이 폴짝폴짝 뛰며 흥분을 주체하지 못했다.

"멋있어! 멋있읍다~! 트랜, 불꽃놀이를 실제로 본 건 처음이지만! 이렇게 예쁘고 멋진 거였나요?!"

"그래, 나도야! 화약은 전쟁터에서 많은 적을 날려 버리는 도구로만 생각했는데, 이런 사용법도 있었구나!"

"정말 그렇읍다! 사람의 팔다리나 피와 살이 튀지 않는 폭발이 이렇게 감동적일 줄이야……."

"너희는 정말…… 더 감수성을 아름답게 표현할 수 없어? 이럴 때만이라도 말이야."

자기 역할을 잊지 않는 랜디였다.

그리고 이쪽도 나사가 좀 빠졌는지, 엘시가 그 둘을 보며 흐뭇하게 미소 지었다.

"후후…… 그렇게 기뻐해 주면…… 열심히 지도한 보람이 있어……. 너희만 괜찮다면…… 입부…… 고려해 줬으면 좋겠어……."

"네, 넷! 감사합니다, 엘시 선배!"

"그럼…… 다른 애들도…… 폭죽을 발사해 봐……."

이리하여 임시 불꽃 축제가 시작되었다.

퍼어어어엉!

"""""오오오오오오오오오오오오오오오오오오오오오오오─?!"""""

잇달아 1학년들의 자작 마법 폭죽이 발사되는 가운데.

시노가 만든 폭죽이 하늘에 빛의 꽃을 피웠을 때는 1학년뿐 아니라 연금술부 선배들조차 감탄사와 환성을 내질렀다.

그 압도적 박력과 예술성, 치밀하면서도 환상적인 빛에 누구랄 것 없이 마음을 빼앗겼다.

"대단해! 저 1학년 여자애의 불꽃, 특출하게 대단하지 않았어?!"

"마법 화약 처리, 화약과 별 배합이 너무 완벽해!"

"더불어 하늘에서 폭발하는 방법까지 전부 계산했어……?!"

"너, 너무 아름다워……. 예술이야……! 여름의 마법 불꽃놀이 대회에 나가면 틀림없이 우승 후보야……!"

"엘시와 저 애, 누구 실력이 더 위지?!"

파장이 대단했다.

그리고 시노에게 질 수 없다는 양 다른 1학년들도 연이어 폭죽을 쏘아 올렸다.

소란을 듣고 근처에서 활동하던 다른 동아리의 학생들도 드문드문 구경하러 왔다.

그렇게 의외의 반향을 일으킨 연금술부 주최 임시 불꽃 축제 도중.

"시노…… 너, 대단한데?"

릭스가 눈을 깜빡거리며, 옆에서 하늘을 올려다보는 시

노에게 찬사를 보냈다.

"혹시 마법 폭죽을 만든 적이 있어?"

그러자 시노가 작게 중얼거리듯 답했다.

"……옛날 옛적 어딘가에…… 마법으로 사람들에게 웃음을 주고 싶은…… 무사태평한 여자애가 있었어."

그와 동시에 높은 소리를 내며 하늘에 피는 누군가의 불꽃.

"응? 지금 뭐라고? 미안, 폭죽 소리 때문에 못 들었어……."

"……흥, 아무것도 아니야."

고개를 홱 돌리고 머리를 쓸어올린 시노가 그 자리를 떠났다.

한순간 보인 시노의 옆얼굴은…… 항상 심기가 불편해 보이는 그 가면이, 그 입매가, 어쩐지 조금 풀어진 듯한 기분이 들었다.

"하여간 특이해. 그럼…… 나도 남은 걸 마저 쏘아 볼까……."

릭스는 손안에 있는 마지막 폭죽을 봤다.

이미 두 발을 쏘고 남은 것은 한 발뿐.

이게 마지막이라고 생각하자 괜히 아까워져 릭스가 쓴웃음을 짓는데, 트랜이 릭스의 팔을 쿡쿡 찔렀다.

"형님! 형님!"

"왜 그래, 트랜?"

“으으으~! 형님, 왠지 분하지 않슴까?!”

트랜은 볼을 빵빵하게 부풀렸다.

“분해……? 뭐가?”

“저 불꽃들 말임다! 뭔가 좀…… 형님이랑 트랜이 만든 것보다 화려하고 예쁘지 않슴까?!”

“응? 그런가~?”

하늘을 올려다보며 릭스가 고개를 갸우뚱 기울렸다.

“시노가 만든 폭죽이 특히나 대단하긴 했지만…… 나는 너랑 같이 만든 게 제일이었어.”

“저, 정말임까?! 트랜도 그렇게 생각함다! 형님, 사랑해요!”

“하하하.”

“그래도 그건 그거고! 역시 모두가 놀라 자빠질 최강의 폭죽을 쏴 보고 싶지 않슴까?! 트랜이랑 형님이!”

“그래도…… 폭죽은 이미 다 만들었는데…….”

“형님, 이걸 보시죠!”

두둥.

트랜이 양손으로 머리 위에 들어 올린 것은 다른 것보다 세 배는 큰 폭죽이었다.

“이, 이건 어디서 났어?”

“훗! 남은 재료를 긁어모아서 트랜이 방금 만들었슴다!”

“뭐, 뭐라고오오오오오?!”

"크기를 세 배로 키우면, 당연히 세 배는 대단하지 않겠습까?!"

트랜은 바보였다.

"아, 그러네! 잘했어, 트랜!"

그리고 릭스도 바보였다.

더불어 타이밍이 나빴다. 시노는 살짝 감상에 젖어 있느라 두 바보에게서 완전히 신경을 떼놓고 있었고, 랜디, 세레피나, 애니도 자신들의 불꽃이나 다른 그룹이 쏜 불꽃에 정신이 팔려 두 바보에게 신경 쓸 여유가 없었다.

엘시 선배를 포함한 연금술부 부원들도 다른 학생을 봐주느라 바빠서 두 바보의 동향은 완전히 마크를 벗어나 버렸다.

"좋아, 바로 불 붙이자!"

릭스는 자기 폭죽을 로브 소매에 넣고 트랜의 무식한 폭죽을 받아 발사대에 넣었다(입구에 걸려서 힘으로 욱여넣었다).

"좋아!"

"앗, 잠깐만요, 형님! 이번에는 트랜한테 맡겨 주십쇼!"

플레이터를 꺼낸 릭스를 트랜이 막았다.

"형님…… 잘 생각해 보세요! 방금 폭죽에 불을 붙였을 때…… 우리는 촛불보다 못한 불 마력을 코딱지만큼 담았습다. 그때 더 강한 불 마력을 담았다면…… 위력도 더 커지지 않았겠슴까?”

트랜은 바보였다.

“트랜…… 너, 천재냐?!”

그리고 릭스도 바보였다.

“세 배 늘려서, 열 배임다!”

“완벽하기 그지없는 계산…… 내 동생이지만, 무서울 지경이야. 좋아! 해 봐!”

둘 다 특급 바보였다.

그런 사정으로 아무도 모르는 사이, 트랜과 릭스는 특급 폭죽을 쑤셔 박은 발사대 앞에 섰다.

“그럼 시작함다!”

그리고 트랜은 짐승처럼 낮게 으르렁거리기 시작했다.

“「쿠오오오오오오……」”

그건 아는 사람만 아는, 용 언어를 이용한『용 언어 마법』^{드래곤즈 샤우트}이라고 불리는 마법이었고…… 다음 순간.

“칵!”

트랜의 입에서 폭죽을 오버킬하고도 남을, 철조차 녹이는 용의 작열 화염이 뿜어져 나와ㅡ.

쿠와아아아아아아아아아아아아아아아아아아앙!

“우와아아아아아아아아아아아아아아아악?!”

“얼레리이이이이이이이이이이이이이이이이이이이?!”

“뭐야, 뭐야?!”
뜬금없는 대폭발 소리에 모두가 돌아보자, 그곳에는 왠지 지상에서 터진 폭죽과 그 충격으로 하늘로 날아가는 릭스, 트랜이 있었다…….
“어, 어어어……? 무슨 일이…… 있었던 거야……?”
엘시를 필두로 연금술부 부원들과 여타 1학년들은 아연실색했다.
“큭! 처음부터 이렇게 될 줄 알았으면서, 랜디 이 멍청아! 아무리 재미있어도 그렇지, 왜 저 둘에게서 눈을 뗀 거야?!”
랜디가 자책하며 소리쳤다.
“이거 참…… 말썽이 끊이지 않는 사내야~.”
“으아아아, 릭스랑 트랜, 괜찮을까?!”
어이없어하는 세레피나, 당황해서 허둥대는 애니.
“저엉말, 바보들이야. 쓸데없이 튼튼하니까 아마 괜찮겠지만…… 주우러 갈까…… 어휴…….”
시노가 한숨을 쉬며 단장을 뽑고는 걸음을 옮겼다.

제6장 상황 급변

"아하핫~! 형님~! 오늘도 정말 재밌었네요?! 이게 학교임까?! 이게 동아리임까?! 이게 청춘이라는 검까~?!"

오늘의 동아리 순회를 마치고 시각은 이미 저녁.

《백학급》 기숙사로 가는 길에도 트랜은 신이 나 있었다.

"나는 이미 지쳤어, 트랜……. 몸도 마음도 엉망이야……."

트랜 옆을 터벅터벅 걷는 릭스가 그렇게 중얼거렸다.

실제로 릭스는 엉망이었다.

온몸이 화상투성이에 로브는 그을음투성이, 머리는 뽀글뽀글했다.

마법 폭죽의 폭발에 휘말린 피해가 아직 아물지 않은 탓이었다.

"네? 그렇슴까? 트랜은 아직 기운이 넘치는데요?!"

한편, 똑같이 폭발에 휘말린 트랜은 팔팔했다.

후드 망토에 다소 그을음이 묻긴 했지만, 트랜 본인에게 폭발의 피해는 전혀 보이지 않았다. 화상 자국 하나 없다.

"그야 용이니까……. 근본부터 불이 안 통하겠지……. 그러고 보니 트랜을 구워 먹으려고 했을 때도 그랬어. 구워도 구워도 익질 않더라……."

"……너, 대체 무슨 짓을 하고 다닌 거냐?"

"용은 하나같이 무섭도록 강건하고 각종 속성 내성을 가졌다고 하는데, 설마 인간으로 다시 태어나고도 그 특성을 이어받을 줄이야……. 점점 더 놓치기 싫은 인재로군! 갖고 싶다!"

랜디가 어이없어하고, 세레피나는 허리에 손을 대고 가슴을 펴며 말했다.

그런 그때였다.

"그나저나…… 동아리…… 정하기 힘드네……."

릭스가 한숨 쉬었다.

그러자 랜디가 의아하게 물었다.

"응? 그야 대부분의 동아리에서 문전박대당했지만, 오늘 연금술부는 아니었잖아? 연금술부는 안 돼?"

"아니, 그게…… 나는 괜찮은데……. 마지막에 거하게 터뜨리는 바람에…… 미안해서……."

"으음? 엘시 선배라면 그거 때문에 입부 금지라고 하진 않을 텐데? 그야 너희가 그 후에 선배한테 된통 혼나긴 했지만."

"크윽……."

그 얌전하고 다정한 엘시 선배에게 엄하게 꾸중을 들었

다고 생각하자 릭스의 어깨가 더더욱 처졌다.

"무, 물론…… 그것도 있지만, 아직 정하지 못한 이유는……
이 학원에 있는 모든 동아리를 돌아보고 싶어졌다……라는 이
유도 있어."

"……오?"

"그게…… 나, 학교도 다닌 적 없으니까. 당연히 동아리
활동도 처음이고…… 세상에는 내가 모르는 게 참 많구나
싶더라고. 그래서 돌아보는 게 즐거워졌어. 그런 태평한 소
리나 할 상황은 아니지만……."

"뭐, 네가 그러고 싶다면 그러든가."

"응. 물론 결투부는 빼고!"

"그것도 네 마음이지."

랜디가 어깨를 으쓱였다.

"그런데 랜디, 너는 동아리에 들 생각 없어?"

"나? 난 이미 정했는데?"

"뭐? 그랬어?! 뭐 하려고?"

"딱히 숨길 일도 아니니까 말하겠지만, 내가 들어가고 싶
은 곳은 네가 치를 떠는—."

릭스가 랜디와 담소를 나누던 그때였다.

퍽! 갑자기 릭스의 등에 충격이 퍼지며 체중이 실렸다.

"음?! ……트랜?"

"으으응~!"

돌아보니 트랜이 릭스의 등에 뛰어들어 매달려 있었다.

릭스의 목에 팔을 두르고, 릭스의 허리에 다리를 꽉 교차해 찰싹 밀착한 자세였다.

"트랜, 갑자기 왜 그래?"

"형님~, 피곤함다~. 업어주십쇼~."

"……거짓말하지 마. 너, 방금 기운 넘친다며."

"그럼 지금 갑자기 피곤해졌슴다. 그러니까 어부바~."

"하아…… 무슨 변명이 그래……?"

릭스는 기가 차서 한숨 쉴 수밖에 없었다.

"……오오! 여동생 캐릭에게는 이런 특권에 가까운 공격법이 있나!"

랜디가 재미있다는 듯 히죽댔다.

"이러면 아직 모르겠군…… 히로인 레이스 릭스컵. 너희도 방심하면 생각지도 못한 곳에서 추월……."

랜디가 여성 일동을 돌아보며 중얼거린 순간.

"그래?"

"그럼 그대의 머리가 정말로 아무것도 모르게—."

"—해 줄까? 랜디."

챙!

왠지 눈빛이 싸늘한 애니와 세레피나의 지팡이와 레이피어가 좌우에서 X자로 교차해 랜디의 목을 받치며 밀어 올렸다. 거기에 시노의 단장이 랜디의 턱을 꾹 치켜올렸다.

"······제, 제성합니다······!"

랜디는 겁에 질린 나머지 새파란 얼굴로 굳어서 벌벌 떨었다.

······일행이 그렇게 떠드는 한편.

"음~, 형님, 웅~."

"갑자기 왜 이러나 몰라."

등에 볼을 문지르는 트랜에게 릭스가 투덜대지만, 딱히 싫은 눈치는 아니었다.

생각해 보면 트랜에게는 옛날부터 이런 면이 있었다.

평소에는 릭스 곁에서 온갖 말썽을 부리면서······ 갑자기 이렇게 찰싹 붙어서 어리광을 부리기도 했다.

그 천진난만하고 변덕스럽고 자유분방한 모습은 흡사 야생 고양이 같았다.

릭스가 어떤 전쟁터를 떠돌다가 우연히 주운 소녀— 트랜.

왜 만난 순간부터 자신을 이토록 따르는지 의아하기도 했지만······ 기분이 나쁘지는 않았다.

'······이런 녀석을 아무 말도 없이 두고 왔지······. 나도 내 인생이 있어······. 그 선택을 후회하지는 않지만, 역시 좀 미안하네······.'

새삼스럽게 죄책감이 마음을 쿡쿡 찔러 왔다.

그러는 사이 길이 두 갈래로 나뉘었다.

왼쪽 길을 따라가면《백학급》기숙사가 나온다.

하지만 시노는 오른쪽 길로 걸음을 옮겼다.

"어라? 시노, 어디 가?"

"학원 도서실."

"응? 이 시간에? 뭐 하러?"

그러자 시노가 빙글 돌아서서 릭스의 코끝에 손가락을 들이댔다.

"릭스, 너는 새까맣게 잊었을지 모르지만, 네 문제는 동아리만이 아니야. 트랜과의 애매한 계약도 시급하게 해결해야 해."

"앗……."

"다르윈 선생님…… 그 사람, 말은 험하게 해도 학생에게 관대해. 불완전한 소환수 계약…… 학칙에 따르면 즉시 퇴학 처분도 가능한데 기한을 뒀어. 너도 어른들의 호의를 너무 당연하게 생각하지는 마."

"으…… 네에……."

"어쨌거나 트랜의 『진명』 장악도를 포함해 본격적으로 조사하지 않으면 확실하게 알 수 없지만…… 일단 과거에 비슷한 사건이 없었는지 알아보려는 것뿐이야. 계약 파기가 어렵다면 다른 방법을 생각해야지."

"그, 그런 이유라면 나도 갈게! 맡기기만 하면 미안하니까!"

"안 와도 돼. 내가 개인적으로 조사하고 싶을 뿐이니까. 게다가 문장을 두 줄 이상 읽으면 잠드는 네가 있어 봤자

도움도 안 될 테고."

"너무 신랄해……."

여전히 쌀쌀맞은 시노의 대응에 릭스는 풀이 죽었다.

하지만 그런 릭스를 질타하듯 시노가 말했다.

"그보다도 너한테는 더 중요한 역할이 있어."

"역할?"

"그래. 트랜에게서 눈을 떼지 않는 것. 알았지?"

"트랜에게서 눈을 떼지 마? 아니, 그야…… 뗄 리가 없지. 눈을 떼면 대체 무슨 짓을 벌일 줄 알고……."

"그런 말이 아니라…… 지금 그녀는…… 아, 정말! 일일이 설명하면 오늘 도서실 이용 시간이 끝나! 나중에 알려 줄 테니까 일단 너는 트랜을 보고 있어. 알았지?"

"아, 알았어……."

그 말만 남기고 시노는 일행과 헤어져 교사에 있는 도서실로 향했다.

"야, 릭스~."

"응, 지금 갈게."

그렇게 《백학급》 기숙사로 먼저 걸어가는 랜디, 세레피나, 애니를 쫓아가려고 릭스가 트랜을 고쳐 업는데…….

"저기, 형님."

갑자기 트랜이 릭스에게 귓속말했다.

"왜 그래? 트랜."

"잠깐 둘이서…… 산책하지 않겠슴까?"

아무 전조도 없는 갑작스러운 제안에 릭스는 잠시 말문이 막혔다.

"지금부터? 기숙사 통금까지 아직 시간이 있긴 한데……."

오늘은 너무 많은 일이 있어서 지쳤다.

빨리 기숙사로 돌아가서 목욕이라도 하고 쉬고 싶었다.

릭스가 그렇게 생각하는데…….

"……안 됨까?"

어리광 부리듯…… 그러면서도 어딘지 모르게 쓸쓸함이 묻어나는 목소리.

"……에효~, 알았어."

릭스는 저도 모르게 승낙하고 말았다.

그리고 앞서가는 친구들에게 잠시 트랜과 학원을 한 바퀴 돌고 오겠다고 전했다.

———.

"……."

"~~♪"

릭스와 트랜는 특별한 목적지도 없이 노을에 물든 학원을 걸었다.

트랜은 이미 릭스의 등에서 내려 자기 발로 뚜벅뚜벅 걷고 있었다.

릭스는 자기보다 조금 앞장서서 가는 트랜을 뒤따르는 모양새였다.

'트랜, 이 녀석…… 갑자기 둘이서 산책이라니, 무슨 바람이 불었지? 설마 이 타이밍에 덤벼들 생각은……'

릭스는 살짝 전전긍긍했다.

이 타이밍에 릭스를 떨어뜨려 놓은 데는 틀림없이 뭔가 의도가 있겠지만, 트랜은 특별히 아무 말도 하지 않았다.

잘 불지 못하는 콧노래를 흥얼거리며 태평하게 걸을 뿐이었다.

'나 원. 그건 그렇고……'

릭스가 문득 트랜의 등에서 눈을 떼고 주변을 돌아봤다.

왼쪽에는 빨려 들어갈 것처럼 깊은 숲이 있고, 오른쪽에는 성처럼 호화로운 학원 건물이 있고, 멀리는 노을에 불타는 아름다운 산 능선이 보였다.

세심하게 가꾼 아름다운 정원이 있고, 학원 부지를 잇는 길에는 동아리를 마치고 돌아가는지 학생들이 드문드문 걷고 있었다.

건너편 마법 수련장에서는 아직 활동 중인 동아리 학생들이 모여서 열심히 뭔가를 하고 있다.

대자연과 청년들의 활기로 둘러싸인 이것이, 이 광경이, 이 학원의 평범한 일상.

매일 변하지 않는 「당연한」 풍경.

하지만 그런 당연한 풍경을 볼 때마다 릭스는 이렇게 생각했다.

정말 귀하고 아름다운 광경이라고.

'……저녁…… 노을은…… 싫어했는데…….'

모든 것을 강렬한 붉은빛과 금빛으로 물들이는 노을은 아무래도 타오르는 전장과 피를 연상케 한다.

그 뒤를 따르듯 찾아오는 무서운 어둠을 연상케 한다.

그리고 무엇보다, 노을의 색은 칼끝에 깃드는 그 두려운 「빛」과— 릭스의 기억 깊은 곳에 묻힌 **어떤 옛 풍경**을 연상케 한다.

그 기억은, 그 광경은, 대체 뭘까?

릭스는 잘 기억나지 않고, 잘 모르겠지만, 그래, **그건** 아마도—.

"형님."

그때였다.

트랜이 이름을 불러 기억의 밑바닥으로 잠기려던 의식이 불현듯 현실로 끌려왔다.

릭스는 머리를 휘휘 흔들고 트랜에게 대답했다.

"응? 왜 그래? 트랜."

"학교는…… 즐거운 곳이네요…….”

트랜이 릭스를 휙 돌아보며 티 없이 웃었다.

하지만— 아마 릭스가 트랜과 오래 알고 지냈기 때문이리라. 그 티 없는 웃음이 어딘지 모르게 쓸쓸하여, 어쩌면 당장 울음을 터뜨릴 것처럼 슬프게 보였다.

"……트랜?”

"형님이 용병을 그만두고 여기 온 이유…… 정말 잘 알겠슴다. 형님…… 사실 트랜…… 이 학원에 온 지 2주 정도 됐슴다.”

"……!”

약 2주 전.

그건 즉— 그 캠벨 스트리트에서 안나와 격돌한 사건이 종식되고 겨우 안정이 찾아왔을 무렵이다.

그래도 릭스가 트랜과 학원에서 실제로 만난 것은…… 약 일주일 전이었다.

거기에는 일주일의 공백이 있었다.

"왜 더 빨리 내 앞으로 나오지 않았어?”

"처음에는…… 형님을 발견하면 바로 달려들 생각이었슴다. 「오는 사람 막지 않고 가는 사람은 지옥 끝까지 쫓아간다」…… 용병단의 철칙에 따라 형님을 때려눕히고 억지로 끌고 갈 생각이었슴다.”

"……무섭네.”

“하지만.”

트랜은 말을 한 번 끊고 눈을 내리깔며 중얼거렸다.

“트랜…… 봤슴다.”

“……보다니…… 뭘?”

“형님의…… 굉장히 즐거워 보이는 얼굴. 용병단에 있을 적에는 트랜도 본 적 없는…… 긴장을 풀고, 빈틈투성이에…… 그래도 굉장히 즐거워 보이는 얼굴…….”

트랜이 눈을 감았다.

2주 전, 먼 발치에서 몰래 관찰하던 릭스와 친구들을 떠올린다—.


~~~~.


“릭스, 너 언제까지 놀 거야? 중간고사 스터디 모임이 뭔지 몰라?”

“자, 잠깐만, 시노! 이거 한 판만…… 이 판만 끝나면……! 우오오오오, 받아라! 내 영혼의 한 수! 나의 긍지를 걸고서……! 이걸로, 내 승리다아아아아아아아아—!”

“응, 체크메이트. 다음번『숲의 브라우니』에서 밥 먹을 때 전부 네가 쏴라?”

“크아아아아아아아아아아아아아아아아?!”

“너는 뭘 하고 싶은지 너무 뻔히 보여. 정면 돌파만 노리
~~~~

지 말고 더 궁리해 봐……."

"큭! 전쟁터에서는 정면 돌파로 대부분 해결됐는데, 왜……?!"

"전쟁터와 체스판을 같은 선상에 놓지 마, 이 용병뇌야. 전쟁터에서도 그렇게 해결하는 건 너뿐일 거다."

"그나저나 랜디…… 그대 강하군. 어떤가? 오늘 공부가 끝나면 이 몸과 한 판 두지 않겠나?"

"오? 좋지. 미리 말하는데 나는 공주님이 상대여도 안 봐줘."

"흥! 평민 주제에 콧대는 높군. 뭐, 좋다. 용서하마. 어차피 곧 격이 다르다고 깨닫게 될 테니까!"

"다들 수고했어! 과자랑 마실 것 가져왔어~."

"오오오오! 고마워, 애니! 좋아, 다들! 지금까지 열심히 했으니까 잠깐 쉬자!"

"릭스…… 너 대체 언제 공부할 거야? 후회해도 모른다?"

―예를 들면 이런, 학생이라면 아무 특별할 것도 없는 평범한 광경.

트랜이 나뭇가지 위에서 기숙사 창문 너머로 훔쳐보던 담화실의 즐거운 광경.

물론 이것만이 아니다.

트랜이 몰래 관찰한 릭스의 나날은―.

~~~~.

“응…… 정말로, 형님은 항상…… 즐거워 보였슴다.”
“트랜…….”
“그래서 트랜…… 사실 금방 알았슴다……. 이미…… 형님이 있을 곳은 그 용병단이 아니라…… 전쟁터가 아니라…… **이쪽**이 됐다고…….”
그리고.
“형님과 함께 학원 생활을 해 보면…… 이 학원이 형님에게 맞지 않다는 증거를 조금이라도 찾을 수 있지 않을까…… 그렇게 생각했는데……. 아하하, 그런 게 전혀 없네요! 이만하면 충분함다!”
트랜은 꺼질 듯한 목소리로 이렇게 말을 이었다.

“……이제…… 트랜은…… 형님에게 필요 없어졌네요……. 트랜…… 필요 없는 애가 됐어요…….”

트랜은 눈앞에 있는데.
분명히 릭스 눈앞에 있는데.
당장 꿈이나 환영처럼 사라질 것만 같은, 쓸쓸한 미소를 짓고 있었다.
“아니야.”
~~~~

어딘가 초조한 기색으로 릭스가 말했다.

"네가 나한테 필요 없다고? 왜 그런 소리를 해?"

"트랜은…… 싸움 속에서 살아가는 형님 옆에서 함께 싸우니까, 가치가 있었슴다……. 의미가 있었슴다……. 그런데…… 형님이 싸움 속에서 벗어나면…… 싸움을 그만두면…… 트랜에게는 아무 가치도 의미도 없어요……."

"왜 이야기가 그렇게 돼?! 트랜!"

릭스는 트랜의 말뜻을 이해할 수 없어서 무심코 버럭 소리쳤다.

"싸우는 내가 네 존재 이유라는 말이야?! 그런 말도 안 되는 소리가 어디 있어! 나는 나! 너는 너잖아?! 나한테는 내 인생이 있듯이 너한테는 네 인생이 있는 거야! 너라는 존재에 가치와 의미가 없어진다니…… 가당치도 않아!"

"아뇨…… 그렇게 됨다, 형님. 분명히요."

"왜?! 무슨 이유로?!"

"이유? ……글쎄요? 사실 트랜도 잘 모름다. 그래도…… 트랜 마음속 깊은 곳에…… 그런 확신이 있슴다. 트랜은…… 그런 존재라고. 트랜은…… 형님과 함께 싸우기 위해…… 이렇게 태어난 거라고."

"……?!"

불현듯이 릭스는 떠올렸다.

처음 트랜과 만났던 그날을.

어떤 대황야에서 우연히 발견한 알을.

처음 만나고…… 처음「형님」이라고 불렸을 때를.

그 알은— 대체 뭐지?

트랜이 릭스와 맺은 일방적 소환수 계약— 그건 대체 뭐지?

이제 고룡종의 환생이니 뭐니, 그런 건 중요하지 않다.

트랜은— **애초에 대체 뭐지?**

왜…… 지금까지 그런 중요한 사실을 깊이 생각하지 않고 태평하게 무시했을까?

"형님은 대단함다. 존경함다. 왜냐면…… 형님은 스스로 생각하고, 자신의 새로운 인생으로 걸음을 내디뎠으니까. 그래도 트랜은 바보라서…… 형님에게 어울리는 건 피비린내 나는 전쟁터라고, 아무 생각도 없이 쭉 믿었슴다……. 쭉 트랜과 함께, 죽을 때까지 계속 싸울 거라고…… 그렇게 믿었슴다……. 아아…… 트랜…… 할 일이 없어졌슴다……. 앞으로 어떡하지……?"

그렇게 힘없이 중얼거리는 트랜의 눈시울에 서서히 눈물이 차오른다…….

"트랜……!"

릭스가 소리쳤다. 뭔가 위험하다고 생각했다.

지금 여기서 트랜을 막지 않으면 돌이킬 수 없게 된다고 생각했다.

"나도 바보라서 네가 하고 싶은 말을 잘 모르겠어. 그보다 나랑 너, 꽤 오래 같이 지냈는데 서로에 대해 너무 모르잖아? 나도…… 내가 누군지, 태생 같은 건 잘 모르고.”

“…….”

“그래도 앞으로 어떻게 해야 좋을지 모르겠다면…… 너도 나랑 같이 이 학원에 다니지 않을래?”

“이 학원에, 요……?”

“그래. 잘은 모르겠지만, 네가 내 소환수라고 하잖아. 너랑 같이 학원에 다니는 것 자체는 딱히 문제없을 거야. 그…… 소환수 계약 문제는…… 내가 어떻게든 할 테니까…….”

맹렬하게, 예감이 들었다.

지금 여기서 트랜을 막지 않으면 트랜은 떠난다.

분명…… 옛집이나 다름없는 블랙 용병단에는 돌아가지 않는다.

트랜이 있을 곳은, 릭스가 있는 전쟁터뿐.

릭스가 없다면 트랜에게 용병단은 자신의 집이 아니다.

그러니까— 분명 트랜은 릭스가 알지 못하는 전쟁터에서 앞으로 쭉 홀로, 아무 의미도 없이 싸워 나갈 것이다.

옛날의 자신처럼, 그녀에게는 싸움 말고 길이 없으니까.

—닮았으니까, 마치 자기 일처럼 알 수 있었다.

그래서—.

“나랑 같이 학원에 다니자. 너도 반드시…… 싸움 말고 길을 찾을 수 있을 거야.”

최대한의 정성을 실어서.

릭스는 그렇게 트랜에게 전했지만.

"……."

트랜은 쓸쓸하게, 고개를 저을 뿐이었다.

"……뭐가 문제야, 트랜."

지금 결정적으로 두 사람의 길이 엇갈렸다고 깨달으면서 릭스가 목을 쥐어짜듯 물었다.

"왜…… 그렇게까지 내 곁에서 싸우는 데 목을 매……? 왜…… 너한테는 그것밖에 없는 거야……?"

"아하하…… 왜일까요……? 그래도…… 요즘…… 어떤 꿈을 자주 꾸면서…… 어렴풋이 알게 된 게 있슴다……. 그건…… 아마…… 트랜과 형님은—."

바로 그때였다.

"하…… 못 봐주겠네. 재미없으니까 거기까지만 해 줄래?"

사람을 한없이 무시하고 깔보는 듯한 목소리가 릭스와 트랜에게 날아들었다.

"의미? 가치? ……웃기는군. 너희 범부의 갈등에는 의미도 가치도 없어. 하지만— 고룡종이라는 존재는 귀중하지. 그것만은 의미와 가치가 있어."

어느샌가, 릭스와 트랜은 열 명 가까운 상급생에게 둘러

싸여 있었다.

하지만 보통 학생과는 몸에 걸친 로브의 색이 달랐다. 《백학급》도 《청학급》도 《적학급》도 아니었다.

금색 자수가 들어간 특제 로브를 모두가 입고 있었다.

그리고, 그건 아마 어떤 마법이었나 보다.

전사로서 단련한 릭스의 예민한 감각에도 전혀 들키지 않고 이 거리까지 접근한 정체 모를 집단에게, 릭스는 자기도 모르게 오한을 느꼈다.

"……누구냐?"

그리고 노골적으로 불온한 분위기를 풍기는 그 집단에게 릭스는 허리춤의 칼자루를 당장 뽑을 수 있도록 잡으며 물었다.

그러자— 그 집단의 리더로 보이는 상급생이 기가 막힌다는 양 어깨를 으쓱이고 릭스를 무시하는 태도로 말했다.

"이거야 원, 이 학원에 재적하면서 우리를 모르신다? 이래서 우자 출신의 가짜는 안 돼. 좋아, 알려 주마. 새겨들어. 우리가 바로 『치안 유지 집행부』— 이 학원의 질서다."

제7장 약탈 계약

그것은— 릭스가 트랜과 합류한 직후, 본격적으로 동아리 순회를 시작하기 전의 일이다.

"그나저나 이 학원은 무슨 동아리가 이렇게 많아……? 어디부터 갈지 정하기도 어렵네."

팸플릿을 훑어보는 릭스에게 랜디가 말했다.

"유명한 곳부터 나열하자면 결투부, 비행술부, 점성술부, 연금술부, 마법 생물 사육부, 신체 마법 경기부, 소환수 투기부, 유적 탐색 조사부, 마약 합주부…… 이 정도가 규모도 크고 매년 무슨 성과나 성적을 내는, 이 학원의 얼굴이래."

"그 외에도 규모는 작지만, 마법 유희 동호회나 동방 주술 연구회, 마법 요리 동호회…… 다양한 과외 활동 그룹이 있다는군."

"동아리는 아닐지 모르지만, 이런 학원에 있는 동아리나 학원에서 열리는 각종 이벤트를 총괄하는 학생회 집행부라는 조직도 있대."

"시노, 동아리와 동호회의 차이는 뭐야?"

"팸플릿을 보면 학원 공인으로 학생회에서 예산이 내려

오는 곳이 동아리라고 해. 반대로 예산을 받지 못하는 곳이 동호회. 전자는 4분기에 한 번 의무적으로 활동 보고를 해야 하지만, 후자는 그런 거 없대."

"아하."

착! 릭스가 팸플릿을 접고 일어섰다.

"좋아! 일단 여기저기 돌아보고 생각하자!"

"같이 가겠슴다! 형님의 「소환수?」로서!"

"하아…… 상관은 없지만, 너무 소란 피우면 안 된다? 트랜."

"네~! 알겠슴다~!"

"나 참, 자기나 잘하지."

그렇게 릭스 일행이 동아리 견학을 가려고 걸음을 옮긴…… 그때였다.

"잠깐만, 릭스."

랜디가 릭스의 어깨를 두드렸다.

"찬물 끼얹는 것 같아서 말할지 말지 망설였는데…… 역시 사전에 제대로 알아 두는 편이 좋겠어."

"응? 뭐야?"

"이 학원에는 확실히 많은 동아리와 동호회가 있고, 방과 후 저마다 독자적인 과외 활동을 해. 학생회 집행부 공인인 곳부터 비공식으로 제멋대로 활동하는 그룹도 있어. ……이 비공식 녀석들이 보통내기가 아니야. 물론 대부분은 상식과 원칙을 지키며 활동하는 양심적인 그룹인데…… 일부 우리가 엮이면 안 되는 위험한 놈들도 있어. 학원 측에서 금지하는 마법을 멋대로 연구하는 녀석들이나 위험한 사상을 가진 폭력배 같은 모임처럼. 그중에서도 특히 엮이면 안 되는 위험한 그룹의 대표 주자가—."

————.

"—『치안 유지 집행부』…… 선배들이 그 유명한?"

릭스가 경계 수준을 한 단계 높이며 긴장했다.

옆에서는 사태를 파악하지 못한 트랜이 눈을 슴벅이고 있었다.

릭스의 반응에 살짝 기분이 좋아졌는지 리더 격인 학생이 옅은 웃음을 지으며 말했다.

"그래. 이 학원에 다니겠다면 마음속 깊이 명심해. 나는 치안 유지 집행부 부장— 3학년 제럴드 로웰이다."

제럴드는 척 보기에도 고지식하고 융통성이 없는 모범생 같은 외모의 남학생이었다. 정돈된 얼굴의 인텔리한 남자지만, 왠지 항상 남을 내려다보는 듯한 분위기를 풍겨 다가가기 어려웠다.

아마 귀족일 것이다. 옷차림이 번듯하고 반지와 귀고리 같은 장신구는 릭스가 죽었다 깨어나도 사지 못할 고급품

뿐이었다.

"그래, 너희 같은 우자 출신 범부 1학년이라도 우리를 알긴 아나……. 훗, 우리의 고상한 활동이 드디어 이 썩어빠진 학원에 침투하는 것 같아 다행이군……."

그런 식으로 리더 격인 학생— 제럴드가 득의양양하게 머리를 쓸어 올렸다.

릭스가 어리둥절하게 대꾸했다.

"학원 공인 동아리나 위원회가 아니라 비공인 동호회죠? 위험한 불량배 모임이라던데요. 원래 학생회 집행부가 학원 측에서 정식으로 위탁받은 집행권으로 처리해야 할 사건이나 안건에 무단으로 개입해 자기네들 멋대로 해결하려는 골칫거리들이라고……."

"……."

"내가 말하기도 그렇지만…… 남한테 너무 피해 주고 다니지 마세요, 선배들."

울컥……. 그 언사에 릭스를 둘러싼 학생들 사이에 짜증이 퍼졌다.

제럴드도 릭스를 보는 눈이 한층 차갑고 날카로워졌다.

'어라? 화났나? 내가 혹시 하면 안 되는 말이라도 했나?'

고개를 갸웃거리는 릭스에게 제럴드가 말했다.

"역시 너는 범부군. 우리 활동을 그렇게밖에 평가하지 못하다니. 너는 모르겠지? 지금 이 학원이 얼마나 썩어빠졌는지. 그리고 그 부패한 학원을 자정하기 위해 우리가 얼마나 뼈 빠지게 노력하는지.”

“네, 몰라요. 딱히 관심도 없어서…….”

솔직하게 대답했을 뿐인데 왠지 제럴드를 비롯한 치안 유지 집행부 학생들이 점점 더 짜증스러운 기색을 보였다.

‘……왜지?’

“모든 건 그 무능한 학원장, 제이크가 이 학원에 취임한 탓이다. 이 학원에『우자의 영약』을 이용한 마술사 각성 커리큘럼이 도입된 이래, 사리 분별도 못하는 너 같은 평민 출신 우자들이 속속 마술사라는 과분한 직함을 얻었고, 소름 끼치게도 진딧물처럼 불어났지……. 놈들은 마술사라는 숭고한 자가 되기에는 너무 미련해서 이 학원에서도 문제와 사건이 끊이지 않았어……. 역시 마술사는 우리 같은 고귀한 피를 가진 자만이 가능한 역할이야…….”

“응? 그래도 힘을 얻은 일부 멍청한 마술사가 가끔 거만해져서 사건이나 문제를 일으키는 건 마술사 유사 이래의 전통이죠? 그건 딱히 평민이든 귀족이든 관계없다고…… 얼마 전 깁슨 선생님의 마법사(魔法史) 수업에서 배웠는데요?”

왠지 인상이 안 좋아진 것 같아서 릭스는 수업을 제대로 듣는 성실한 학생이라고 어필해 봤다.

찌릿찌릿……. 주위 학생들의 짜증이 더 커졌다.

‘왜?!’

릭스는 눈물을 머금었다.

"흥. 어쨌든 마술사들이 집단생활에서 질서를 유지하고, 조직적이며 건설적으로 일상 활동을 영위하려면, 자기가 손을 더럽히는 것도 망설이지 않는 절대적 힘과 의지를 가진 집행 조직이 집단 위에 군림해야 해. 평민 출신인 너의 부족한 머리로도 그 정도는 이해하겠지?"

"아! 그건 알아요! 독전대 같은 거죠?!"

※독전대…… 용병단이나 군대에서 아군 부대를 후방에서 감시하며 병사가 명령 없이 전투에서 이탈, 도주하려고 할 때 공격하여 강제로 전투를 계속하게 만드는, 악마 같은 임무를 수행하는 부대.

"아, 그거 필요하죠! 돈으로 고용한 인간은 불리해지면 바로 아군을 버리고 도망가니까요……. 하지만 임무라도 기분이 안 좋아요, 아군을 처단하는 건. 하하하……."

"아, 아무튼 이제 알았겠지? 우리 활동의 의미를."(식겁)

열심히 표정을 관리하는 제럴드가 로브 옷자락을 펼치며 말했다.

"언제나 집단의 질서는 「힘」으로 유지된다. 이건 이미 필요악이라고 해도 좋아. 그걸 숭고한 의지와 결의로 집행하는 게 우리 치안 유지 집행부…… 질서를 위해서 악을 용납

하지 않는 선택받은 자들이다. 학교생활의 대부분을 학생의 자주성에 맡기는 이 자유로운 학원에서 언제나 질서가 유지되는 건…… 바로 우리 노력의 산물이야."

제럴드가 그렇게 자신감과 자긍심에 찬 표정으로 당당히 선언하지만…….

"……그래도…… 그거 학생회 집행부가 하면 되지 않아요? 왜 관계도 없는 일반 학생인 선배들이 꼽사리 끼려고 하죠……?"

릭스는 그러면서 어리둥절하게 고개를 기울이며 팔짱을 꼈다. 그 솔직한 감상과 의문에…….

빠직! 주변 학생들의 살기 강도가 더욱 올랐다.

'왜애?! 왜애애애애애?!'

릭스는 이들이 왜 이렇게 화를 내는지 더는 짐작도 가지 않았다.

"이거야 원, 너는 아무것도 모르는군. 학생회 집행부? 놈들은 마술사의 현실과 진실을 전혀 보지 못하는 무능한 집단이야."

제럴드가 진심으로 신물이 나는 것처럼 최대한의 경멸을 담아 말했다.

"어차피 문제를 일으키는 건 사리 분별도 못하는 평민 출신 마술사라고 답이 나와 있거늘. 그것들을 배척하는 거야 말로 학원 질서를 유지하는 유일한 방법이거늘. 그 학생회 집행부의 무능아들은 평민 출신 마술사라도 입학하기 쉽도록, 이 학원에서 생활하기 쉽도록 쓸데없이 다채롭게 지원해 주고, 귀족과 평민 사이의 알력 관계 조정에도 일일이 고심하지. 마술사라는 직함을 달고도 상상을 초월하는 무지렁이 집단이야."

"……?"

"그리고 무엇보다 용서할 수 없는 건 우리처럼 진정으로 마술사의 미래를 걱정하는 학생들을 부정하면서 학생회 집행부 입회를 모조리 거절한다는 점이지. 그런 대의도 미래도 보지 못하는 무지렁이들이 이 학원을 위에서 좌지우지하고, 더 나아가 학생회 집행부에 소속하는 것만으로 장래에 다양한 영광을 약속받다니, 있어서는 안 될 일이야. 이 학원은 썩어빠졌어. 썩었기 때문에 누군가는 바로 잡아야 해. 알겠지? 거기 1학년."

"으응……?"

잠시 릭스는 팔짱을 낀 채 끙끙 앓으며 제럴드의 말을 마음속에서 곱씹어 봤다.

그리고 곧 이해가 된 것처럼 주먹으로 손바닥을 탁 내리쳤다.

"그렇구나! 그런 거였어! 저 알았어요, 선배!"

"훗…… 드디어 깨달았나? 칭찬해 주……."

"선배들, 사실은 학교 상부 조직인 학생회 집행부에 들어가고 싶어 죽겠는데 문전박대당해서 삐진 거죠?! 그래서 어쩔 수 없이 치안 유지 집행부라는 이상한 팀을 만들고 학생회 집행부 흉내를 내면서 떼쓰는 애처럼 대항한다…… 그런 거군요?!"

"네가 죽고 싶은가 보군."

"왜애애애애애애애애애애애애애애?!"

둘러싼 학생들의 시선은 이미 적개심을 넘어서 살기등등했다.

대체 어디서 무슨 실수를 했는가…… 릭스의 자문자답은 끝나지 않았다.

'큭…… 랜디에게 주의받고 그다지 엮이고 싶지 않았는데!'

그렇게 싫어하는 릭스에게 제럴드가 말했다.

"……좋을 대로 떠들어. 너같이 지저분한 밑바닥 평민 범부가 우리의 숭고한 이념을 이해할 거라고는 처음부터 기대도 안 했어. 어차피 너와 나는 살아가는 계층의 높이가 달라."

"서, 선배…… 그렇게까지 자신을 비하하지 않으셔도……. 더 자신감을 품고 살아가 봐요."

"어 째 서, 내가 네 밑이라고 생각하는 거야?! 말을 나누면 나눌수록 불쾌한 녀석이군!"

무엇 하나 뜻대로 되지 않는 제럴드였다.

"그런데…… 왜 우리 치안 유지 집행부가 너희 앞에 모습을 드러냈는지…… 너는 이해할 수 있겠나?”

“네?! 아, 아뇨아뇨아뇨, 저, 저는, 저저저저전혀 짐작 가는 구석이이이이이이—.”

“뭐냐, 그 짐작 가는 구석이 너무 많다는 반응은.”

릭스와 대화하면 진심으로 피곤해지는 제럴드였다.

“안심하도록. 오늘은 너에게 전혀 볼일이 없다. 착각하면 곤란한데, 우리는 언젠가 이 학원에서 평민을 축출하는 것을 이념으로 내세우지만, 아무리 그래도 아무 잘못도 없는 학생에게 사적 제재를 가하는 무법한 조직은 아니야…….”

“그랬나요?! 정말로?! 거짓말이겠죠?! 뭔가 속는 느낌인데?! 거짓말은 도둑놈 될 장본이라잖아요! 더 솔직하게 삽시다!”

“……너는 정말로 말 하나하나가 열받는군.”

진심으로 의외라는 듯이 놀라는 릭스에게 제럴드가 혀를 찼다.

“우리가 볼일이 있는 건, 거기 너다.”

“……???”

그렇게 말하고 제럴드가 가리킨 것은— 트랜이었다.

정작 트랜은 기지개를 켜다가 갑자기 자기한테 화살이 돌아와서 눈만 깜빡거렸다.

‘젠장…… 역시 그랬나…….’

릭스가 속으로 이를 갈았다.

피닉스 알 사건과 마법 생물 사육부의 마물 탈주 사건, 불완전한 소환수 계약 등등. 트랜은 이 학원에서 안 좋은 의미로 너무 눈에 띄었다.

그녀는 이분자. 본래 학원에 있어서는 안 되는 존재.

그렇다면 이 치안 유지 집행부 같은 과격파 자경단이 트랜을 배척하러 와도…… 이상할 건 없다.

"잠깐만요, 선배. 트랜은 제 소환수예요."

릭스가 트랜을 등 뒤로 감추듯 앞으로 나갔다.

"형님?!"

"소환수가 저지른 실수는 마스터인 제 책임일 거예요. 트랜은 봐주시면 안 될까요? 제재라면 제가 받을 테니까."

어차피 고통에는 익숙했다.

적에게 잡혀 고문받은 적도 있고, 딱히 한두 번도 아니었다.

의식적으로 통각을 차단해 마음을 비우면 얼마든지 버틸 수 있다.

하지만—.

"너는 뭘 모르는군."

히죽…… 제럴드가 갑자기 업신여기듯 웃었다.

"물론 학원의 질서를 어지럽힌 그 애는 원래 우리 제재 대상이야. 하지만— 세상에는 그 가치 때문에 횡포가 허락되는 자가 분명히 존재해. 우리 고귀한 피를 가진 귀족도 그렇고— 혹은 그 애처럼 진귀한 존재도 그렇지."

"……?!"

"들었어. 그 애…… 「고룡종」이라지?"

그 말에 릭스가 눈을 가늘게 떴다.

지금까지의 익살스럽던 분위기에서 일변해, 전장에서 적을 주시하는 날카로운 눈매로 변했다.

전쟁터에서 살아온 전사의 후각이 예민하게 경고했다.

눈앞의 이 남자는…… 자신의 적이라고.

"……그게 무슨 상관이죠?"

릭스가 더 깊이 자세를 낮추며 물었다.

"아주 훌륭해. 그 애가 얼마나 기적적인 존재인지…… 범부인 너는 그 가치를 전혀 헤아리지 못하겠지?"

그렇게 호들갑스레 떠들며 이렇게 말을 이었다.

"이봐, 릭스. 무능한 학생회 집행부의 과분한 집행권도 그렇고, 미천한 너에겐 과분한 고룡종 소환수도 그렇고, 진정으로 가치 있는 것은…… 그에 합당한 자격을 가진 자에게 주어져야 한다고…… 생각하지 않아?"

제럴드가 그렇게 말한— 직후.

"예를 들면, 그래— 바로 니 같은 사람."

제럴드가 신호하듯 손을 휙 들었다.

동시에 릭스와 트랜을 둘러싼 학생들이 무슨 주문을 외며 지팡이나 손을 든다.

“““““「구속」!”””””

　다음 순간, 그곳에 번갯불이 번뜩이고 무수한 빛고리가 릭스와 트랜의 몸과 사지를 둘러쌌다. 그리고 동시에 몸의 자유를 완전히 앗아갔다.
　“이, 이건 뭐야……?! 몸이 안 움직여……?!”
　“크, 으으으으으으으윽……!”
　릭스는 물론 트랜의 괴력으로도 그 빛고리는 부술 수 없었다.
　“깨질 리가 있나. 【구속 마법】…… 대상의 움직임을 막는 마법이야. 그것도 열 명분…… 마법을 못 쓰는 네가 빠져나갈 방법은 없어. 그럼 이제…….”
　릭스와 트랜을 완전히 무력화한 제럴드가 의기양양하게 가슴을 펴며 천천히 다가왔다.
　“큭…….”
　“선배로서 너에게 소환 마법을 조금 강의해 주지. 너와 그 애의 애매한 소환수 계약…… 그게 지금 어떤 상태인지.”
　“……?!”
　깜짝 놀라는 릭스 앞에서 제럴드가 설명했다.
　“소환술사가 소환 마법으로 소환수를 얻으려면 대부분은 그 소환수와 직접 대면해서 계약을 맺어야 해. 계약을 맺는 방법은 뭐든 상관없어. 대화로 교섭해서 계약을 승낙받아도 돼. 아니면 힘으로 굴복시키고 억지로 계약을 맺어도 되지. 그렇게 【소환 계약 의식】을 행해서 마술사는 소환수의 『진명』을 알아내고 장악, 지배하는 거야. 아주 드물지만, 소환수가 지적 생명체인 경우, 소환수 쪽에서 마술사에게 『진명』을 알려 주기도 한다는군. 뭐가 됐건 그 순간, 쌍방의 계약이 성립하고 소환수는 마술사의 소유물이 돼. 이게 극히 일반적인 소환 마법의 계약 방법이야. 이미 수업에서 배웠나?"

"……!"

제럴드가 움직이지 못하는 릭스의 눈앞에서 트랜 앞에 섰다.

"그리고, 보통 소환수의 마스터인 마술사가 죽으면 모든 계약은 파기돼. 마스터인 마술사에게 존재를 장악당하던 소환수는 해방되어 자유의 몸이 되지. 그런데 말이야…… 아주 가끔…… 있어. 마스터가 죽어도, 죽은 마스터에게 예속 계약을 유지하는 소환수가."

"크르르르르르……!"

위협하듯 낮게 우는 트랜의 턱을, 제럴드가 확 잡아 들었다.

"소환수가 죽은 마스터에게 느끼는 깊은 신뢰와 애정 때문인지, 아니면 소환수에 대한 마스터의 망념이나 저주인지…… 그건 확실하지 않아. 이유가 뭐든, 중요한 건 있다는 거야. 마스터가 없는데 소환수 계약에 계속 묶여 있는 불쌍한 존재가……. 소환 마법을 전공하는 우리 마술사들은 그런 녀석들을 이렇게 불러……『외톨이 소환수』라고. 그래, 딱 지금의 너를 가리키는 말이야, 고롱종.”

그때였다.

“트랜은, 외톨이가 아니야!”

트랜이 눈을 치켜뜨고 이빨까지 드러내며 소리쳤다.

“트랜에게는, 형님이……! ……, ……형님이…….”

하지만 불길 같던 고함은 점점 자신을 잃고 수그러들었다.

그리고 그런 트랜의 심정 따위 눈곱만큼도 알지 못하는 제럴드가 코웃음 쳤다.

“그래, 그게 신기한 점이야. 네 마스터는 안 죽었어. 보다시피 여기 살아 있지. 그런데 스피어를 전개해서 영적 시각으로 너를 보면 릭스에게 일방적으로 소환수 계약을 맺고 있어. 이런 경우는 나도 처음 봐. 네 상태를 마법학으로 표현하면 『외톨이 소환수』가 틀림없는데 마스터가 살아 있다…… 하하하, 소환 마법 학회가 술렁이겠군.”

그리고 트랜 앞에서 제럴드는 단장을 뽑았다.

“이것저것 많이 떠들었지만, 사실 대부분 필요 없는 이야기야. 중요한 건…… 트랜, 네가 마스터가 없는 『외톨이 소환수』라는 것. 그거 하나뿐이지.”

그리고 제럴드는 지팡이를 움직여 트랜의 눈앞에서 빛의 문자를 나열했다.

“……?!”

트랜의 눈동자가 그 문자에 못 박혔다.

문자가. 문자가. 문자가.

트랜의 시각을 통해 그 존재 본질로 흘러든다.

그 직후.

“아, 아, 아아아아아아아아아아아아아아아아아아아아아아
아아아아아아아아아아아아아아아아아아아아아아아아아아
아아아, 아아아아아아아아아아아아—?!”

트랜이 귀를 찢는 절규를 내질렀다.

괴로워하는 모습이 심상치 않았다.

눈꼬리가 찢어질 것처럼 크게 뜬 눈에는 흰자위밖에 보
이지 않았다.

그 가냘프고 작은 몸이 발작이라도 일으킨 것처럼 부들
부들 떨렸다.

입가로 가느다란 거품까지 흘러내렸다.

“야! 너! 트랜한테 뭘 한 거야?!”

릭스가 제럴드에게 달려들려고 몸에 힘을 주지만…… 온
몸을 구속하는 빛고리는 믿어지지 않을 만큼 튼튼해 꿈쩍
도 하지 않았다.

“본래 지금 내 위계로는, 인간으로 환생했다고 해도 고룡
종의 『진명』을 알아내는 건 꿈도 못 꿀 일이지. 그래도 『진

명』을 모른다면…… 덧씌우면 그만 아니야? 내가 아는 이름으로.”

“……?!”

“『위명』. 내가 이 아이에게 『진명』을 대신할 존재 정의명을 줄 거야. 그러면 나는 이 아이를 소환수로 장악할 수 있어.”

“뭐……라고……?!”

“물론 이런 잔재주는 평범한 소환수에겐 안 통해. 하지만— 예외적으로 『외톨이 소환수』에게는 직방이지. 【소환 계약 의식】을 이미 마친 상태니까. 본래 마스터의 입장을 탈취하는 형태로 소환수의 지배권을 거저 챙길 수 있어.”

“그만해……!”

눈을 부릅뜬 릭스 앞에서 제럴드가 도취된 것처럼 말했다.

“그나저나 대단하군! 설마 내가 고룡종 소환수를 얻게 될 줄이야! 이 아이는 「힘」이다! 이 세상을 통틀어도 얼마 없을 최상급 「힘」! 이 힘만 있으면 그 가증스러운 학생회 집행부를 뭉개 버리는 건 일도 아니야! 우리 치안 유지 집행부가 이 학원의 정상에 서는 것도 꿈이 아니야! 하하하하하하하하! 하하하하하하하하하하하하하하하!”

“다, 당신, 무슨 생각을……?!”

“아아, 안심하도록, 릭스! 너는 이 아이를 전혀 써먹지 못하지만, 나라면 그 스펙을 120퍼센트 발휘할 수 있어! 이 아이도 분명 기뻐하겠지! 완전 장악이 끝나면 뭐부터 시작할까?! 어떤 조교를 해 줄까?! 훗…… 연약한 인간의 육체따위 필요 없지! 전생의 모습으로 되돌려 줄까?! 아니면 인간 상태로 전신 육체 개조를 해 보는 것도 재미있을지 모르겠군! 정말이지, 창작 의욕을 불러일으키는 최고의 소재야! 그렇게 생각하지 않나?! **전** 마스터 릭스! 하하하하하하하하하하하하하하하하하하하하하하하하하하하하하하하하하하하하하—!"

"이 쓰레기 자식이……?!"

릭스가 분노한 나머지 어금니가 으스러질 기세로 이를 꽉 물었고, 그래도 아무것도 할 수 없는 답답함에 미치려 하는데…… 바로 그때.

"「주제를 알아라, 천것들.」"

갑자기 폭발적으로 부풀어 오른 존재감, 압력, 마력과 함께 영혼까지 얼어붙을 듯한 무시무시한 냉기가 폭풍처럼 휘몰아쳤다.

그 냉기와 충격은 릭스와 트랜을 구속하는 빛고리를 전부 얼려 파괴했고— 동시에 주변에 있던 치안 유지 집행부를 모조리 날려 버렸다.

"끄아아아아아아아아아?! 팔이?! 내 팔이이이이이?!"

"다리가…… 내 두 다리가 굳어서 안 움직여……!"

"히이이이이이이이이이이이익─?!"

팔다리가 뼛속까지 얼어붙은 상급생들이 비명을 지르며 반쯤 광란 상태로 나뒹굴었다.

그건 아는 사람만이 아는─ 용 언어 마법【얼어붙는 숨결】.(배니싱 포스)

극저온에서는 모든 운동과 에너지가 정지한다.

그렇기에 모든 마법과 주문을 없애 버리는 용의 포효였다.

그것을 외친 자는 당연히─.

"……트랜?!"

「…….」

릭스의 부름에 트랜은 반응하지 않았다.

다만, 그 가느다란 목으로 낮고 사납게 으르렁거릴 뿐이었다.

평소의 천진난만한 모습은 어디로 사라졌을까.

트랜은 전신으로 폭력적인 마력과 거인 같은 존재감을 표출하며, 한없이 차가운 얼음처럼 냉혹한 눈으로 주변의 학생들을 쓰레기처럼 내려다본다─.

「검사님에게 감사해라. 천한 네놈들을 간담까지 얼려 버리지 않은 것은 오로지 검사님을 위함이다…….」

그렇게 쏘아붙인 트랜은 제럴드를 날카롭게 흘겨봤다.

「허나 네놈은 용서하지 않는다. 죽어라.」

"……?!"

제럴드는 순간적으로 전개한【방패】마법으로 냉기를 막

고 있었다.

하지만 각성한 트랜을 상대로는 그것마저 힘겨운지 이마에 식은땀이 맺혀 있었다.

「검사님인 척 나의 마스터가 되겠다고? 감히 나의 궁지를 건드리려고 했겠다? 네놈에게는 평범한 죽음도 아깝다. 산 채로 갈가리 찢어 저승의 진흙탕에 뿌려 주마……!」

그 순간, 격분하던 트랜이 사라졌다.

아니, 초고속으로 제럴드에게 달려든 것이다.

릭스를 가뿐히 뛰어넘는 속도, 압도적인 용의 신체 능력.

순간적으로 소리의 벽을 찢고 발생한 충격파로 주위를 갈기갈기 찢어 놓으며, 트랜이 제럴드에게 똑바로 돌진했다.

평범한 인간이라면 반응하지 못하는 그 속도.

하지만— 제럴드도 평범한 인간은 아니다. 마술사다.

마술사란 자신의 스피어 영역 안에서 전능한 힘을 부리는 자.

그렇기에— 트랜의 움직임을 지각하고 대응할 수 있다.

"—「세 번, 나는 거절한다」—!"

순간적으로 가공할 마력을 짜낸 제럴드가 또 다른 【방패】 마법을 전개했다.

세 겹으로 펼쳐진 마력 장벽.

같은 마법을 세 번 겹친다— 그것은 초일류 마술사의 묘기였다.

하지만─.

"「크워어어어어어어……!」"

우득, 우득.
트랜의 오른손을 금색 비늘이 덮고, 날카로운 발톱이 다섯 개 자라나더니─.
다음 순간, 제럴드의 삼중 【방패】를 아무런 잔재주도 없이 정면에서 찢어 버리고 산산이 파괴했다.
용 언어 마법 【찢어발기는 용 발톱】─ 미스릴이나 오리할콘조차 버터처럼 가르는 용의 발톱을 형상화하는 공격이다.
"크으으으으윽─?!"
삼중 【방패】가 파괴되고 제럴드의 몸이 충격으로 십수 미터 밀려났다. 신발이 땅바닥을 긁었다.
"「고작 그 정도로 내 고삐를 잡으려고 했나? 가소롭군.」"
트랜이 숨 막히는 살기를 내뿜으며 제럴드에게 천천히 걸어간다…….
"잠깐! 트랜!"
치명적인 예감이 들어 릭스가 외쳤다.
"그 이상은 안 돼! 죽이지 마!"
"「이것만큼은 들을 수 없다. 아무리 검사님의 부탁이라도. 일전의 마왕이 저지른 무례와는 성질이 다르다. 저 천것은…… 발칙하게도 검사님 행세를 하려고 했다.」

얼굴만 가볍게 돌려 릭스를 흘겨보는 트랜의 눈동자는 찬란하면서도 불길하게 빛났고, 눈을 마주치기만 해도 심장을 쥐어짜는 듯한 공포가 밀려왔다.

“「왜소한 인간들이여, 알려 주마. 잊었다면 다시 영혼에 새겨 주마. 나는 용. 먹이사슬의 정점에 군림하는 인간의 압도적 상위자. 그 역린을 건드리면 어떤 재앙을 초래하는지, 너희 나약한 자들에게 알려 주겠다!」”

안 된다.

뭔지 잘 모르겠지만, 무지막지 화가 나셨다.

가만히 두면 트랜은 틀림없이 제럴드를 갈가리 찢어 죽이리라.

‘이건, 더는 막을 방법이……?!’

릭스는 트랜을 어떻게든 말리려고 검을 뽑았다.

학원 내에서 트랜이 사람을 죽이도록 둘 수는 없었다.

구제 불능인 인간 말종이라도 제럴드는 학원에 속한 학생이었다.

죽이면 틀림없이 학원 상층부가 나선다.

자객은 다르윈 선생님일까…… 아니면 아르카 선생님일까.

누가 됐건 트랜에게 최악의 결말이 기다린다는 건 바보인 릭스도 뻔히 알 수 있다―.

‘내가 트랜에게 이길 수 있나……?! 용병단 시절에도 대

련에서 한 번도 못 이겼는데……?!'

릭스가 칼끝에 「빛」을 보면 이겼을지도 모른다.

하지만 그건 이미 훈련이 아니라 살육이다.

해 본 적은 없지만, 시험할 생각은 추호도 없었다.

'하지만 할 수밖에 없어……! 「빛의 궤적」 없이, 그것도 무시무시하게 파워 업한 트랜을 막아야 해……!'

그렇게 결심하고 릭스가 소리쳤다.

"어이! 선배, 도망가! 이 녀석은 내가 맡을게!"

열 받지만, 지금은 제럴드를 지킬 수밖에 없었다.

릭스가 그렇게 각오하고 트랜의 정면에 서서 자세를 낮춘…… 그때였다.

"……으응? ……어? 어라……?"

정작 제럴드는 뭔가 이해할 수 없는 것과 마주한 것처럼 잠시 팔짱을 끼고 고개를 갸웃거렸다.

그러다가 겨우 이해했다는 것처럼 손뼉을 짝 쳤다.

"그런 건가. 너, 내가 저 트랜이라는 계집보다 약하다고 생각하는군? 어처구니없는 굴욕이야. 속이 뒤집혀."

제럴드가 그런 의미 모를 말을 중얼거린…… 직후.

파직.

마치 번갯불이 튄 것 같은 마력 작렬음이 주변에 울려 퍼졌다…… 그렇게 생각하는데.

"「크, 아아아아아아아아아아아아아아아아아아ㅡ?!」"

트랜이 갑자기 가슴을 부여잡고 맹렬하게 고통스러워했다.
"……뭐야?! 트랜?!"
릭스가 트랜에게 달려갔다.
자세히 보니ㅡ 트랜의 가슴에 빛의 문자가 떠올라 있었다.
조금 전까지 사라지려고 하던 빛의 문자가ㅡ『위명』이.
"이, 이건……?!"
"훗…… 이게 없었으면 조금 위험했을지도 모르지……."
릭스가 제럴드를 돌아봤다. 제럴드는 왼손에 단장을 쥐었고, 들어 올린 오른손 위에는 불길한 검은 마력이 들끓는 「무언가」가 떠올라 있었다.
그 「무언가」는 구역질 나는 사악한 독기를 무차별적으로 쏟아냈다.
보기만 해도 기분이 나빠지는 「무언가」의 정체는ㅡ 어떤 생물의 뼈였다.
릭스에게는 그 뼈가 내뿜는 마력과 독기가 어쩐지 익숙했다.
고든이나 안나 선생님이 발하던 것과 흡사한 그것은ㅡ.
"너…… 그건……?!"
"어허, 그 얼굴…… 아무래도 알고 있나 보군? 그래…… 이건 「제2등 마왕 유물」. 그 《땅거미의 마왕》 셰놀라의 유해다."

“……?!”

“이 마왕 유물에서 얻은 힘을 쓰면…… 상대가 고룡종이라도 외톨이 소환수의 재계약 정도는 불가능하지 않지.”

의기양양하게 막힘없이 설명하는 제럴드 앞에서.

“크아아아아아아아아아아아아아아아—! 네 이놈……! 이 왜소한 인간 따위가아아아아아아아아아아아아아아아아아—?!」

트랜이 머리를 감싸며 고통스러워했다.

제럴드가 부여한 『위명』 침식에 필사적으로 저항하는 것 같았다.

“……쳇, 끈질기군……. 역시 고룡종인가. 그래도 상관없어…… 재계약은 이미 시간 문제니까. 천천히 조교해서 길들여 주마.”

제럴드는 고통에 몸부림치는 트랜을 귀찮은 듯이 내려다봤다.

그때— 릭스가 움직였다.

“그만둬……!”

소중한 아우. 쭉 함께 전쟁터에서 등을 맞대고 싸운 동료.

그런 트랜을 괴롭히는 제럴드 앞에서.

「이제 앞뒤 가리지 않겠다. 여기서 없애 주마」— 순식간에 그렇게 각오한 릭스가 돌진했다.

"그만둬어어어어어어어어어어어어어―!"

바람을 가르는 날카로운 참격이 제럴드의 목을 날려 버리려던― 그 순간.

릭스의 움직임이 멈췄다.

정신을 차리자 릭스의 전신에 다시 그 빛고리가 무수히 끼워져 있었다.

"크윽~?!"

"이거야 원…… 마술사도 아닌 너 같은 미천한 평민 범부가…… 선택받은 자인 나에게 이길 수 있다고 진심으로 생각하나?"

제럴드가 손가락 하나 움직이지 못하고 석상처럼 굳은 릭스에게 유유히 단장을 들이댔다.

그 지팡이 끝에 마치 보란 듯이 천천히 마력이 모여드는데―.

하지만 릭스는 아무것도 하지 못한 채 그것을 바라볼 수밖에 없고―.

"감사하마, 릭스. 안심해라. 너의 소중한 용은…… 오늘부터 내가 귀여워해 주지."

그 직후.

【폭염】― 어마어마한 폭발과 폭풍이 릭스의 코앞에서 발생했다.

릭스는 속수무책으로 불타며 날아가 땅을 구를 수밖에
없었다…….

'젠, 장…… 트랜……!'

꼴사납게 땅에 얼굴을 처박은 릭스는 흐려지는 의식 속
에서 분명히 들었다.

"형님…… 형님…… 구해 줘…… 트랜을 구해 줘요…….”

그것을 마지막으로 제럴드와 트랜의 기운이 멀어져 갔다.

그리고 그대로 릭스의 의식은…….

———.

———.

——.

제8장 어느 용과 검사의 이야기

꿈을— 꾼다.

조금 기묘한 2인조의 꿈을.

아니— 정확히 말하면 한 명과 한 마리다.

나는 그 한 명과 한 마리의 이야기를 신의 시점으로 명하게 바라본다.


~~~~.


어떤 곳에 청년이 있었다.

그 청년은 검사다.

그것도 단순한 검사가 아니다. 엄청나게 실력 있는 검사. 검성이다.

이미 그냥, 보법부터 다르다.

언뜻 보면 항상 멍하게 있지만, 그 태평한 자세에서도 빈틈이 없다.

애용하는 후드 망토는 전신을 가리면서도 늘 너덜너덜하고, 언제나 후드를 깊이 눌러써서 수상하고 흐리멍덩한 청
~~~~

년으로밖에 보이지 않지만.

한 번 칼을 뽑으면 딴사람이 된다.

마법이 절대적 힘으로 위상을 드높이는 이 시대, 이 세상에서 그 청년은 마법을 하나도 쓰지 못하고 그저 검 한 자루로 이름 날리는 변태다.

대체 얼마나 수련하면, 얼마나 많은 사선을 넘나들면 그런 신의 경지에 도달할까?

한 번 검을 뽑으면 천 마리 마물을 베어 넘기고, 만 명의 군단을 막아낸다.

그 칼끝에 보이는 것은 여명처럼 빛나는 은색 「빛의 궤적」.

지금 내가 그 청년에게 검으로 덤비면 100번 싸워 300번 죽는다…… 그런 모습밖에 상상되지 않았다.

그런 청년이 약한 자는 잡아먹히고 강한 자가 세상을 주무르는 이 혼돈과 전란의 시대를 여행하고 있다.

다양한 전장에 뛰어들고, 다양한 마물과 싸우고, 다양한 마술사와 결투해 검 실력을 더욱 갈고닦으며 묵묵히 여행하고 있다. 패배는 단 한 번도 없다.

너, 더 강해져서 뭐 하게? ……나는 그렇게 생각하지만.

청년에게는 목적이 있으니까 어쩔 수 없다.

청년의 최종 목적은— 세계 최강이자 최악의 「마왕」을 해치우는 것이니까.

～～～～.

"……「트랜」은 어때?"

『뭐가 말이냐?』

"네 이름 말이야. 계속「드래곤」이라고 부르는 것도 정 없잖아."

『홋…… 시시한 말장난이 아닌가. 뭐, 검사님의 머리를 쥐어짜 봤자 그게 한계겠지.』

"으…… 그래? 역시 너무 단순했나……. 그럼 지금 건 취소. 다시 생각할래……."

『아니, 됐다. 트랜으로 하지. 나도 여자니까 그 귀여운 이름이 마음에 들었다. 고맙게 받아들이지.』

검사 청년에게는 함께 여행하는 동료가 있었다.

식사 준비로 열심히 불을 피우려는 청년을 곁에서 물끄러미 내려다보는 산만 한 용이 그 동료였다.

무척 멋진 용이었다. 금색으로 빛나는 비늘은 너무나도 아름답고 커다란 보석 같은 에메랄드그린색 눈동자도 날카로우며 공격적으로 아름다웠다.

그 몸에 품은 압도적 힘과 존재감, 중후함…… 위엄마저 느껴졌다.

"으음, 습기가 있나? 불이 잘 안 붙네……."

『도와주마.』

용이 작게 숨을 후 불었다.

화르륵! 그 순간, 무시무시한 지옥의 불길이 장작과 그 위에 걸어둔 멧돼지 고기를 순식간에 잿더미로 만들었다. 뼈도 남지 않았다.

"……트랜?"

『미안하다. 아니, 정말로 미안하다…….』

오늘 밤 식사가 물 건너간 청년이 옆에 있는 용을 원망스럽게 올려다보자, 용은 겸연쩍게 머리를 내렸다.

『그, 그게…… 사과로 내 고기라도 조금 먹겠나……?』

"진짜 죽기 직전까지 가면."

청년은 한숨 쉬고 그 자리에 드러누웠다.

"그나저나…… 너랑 함께한 지도 꽤 오래 됐네."

『그렇군……. 정말이지, 처음에는 무슨 일인가 싶었다. 검사님이 갑자기 나의 굴에 성큼성큼 들어와서는 대련해 달라고 소리쳤을 때는.』

용이 옛일을 그리워하며 밤하늘을 올려다봤다.

『처음에는 또 주제를 모르는 미련한 놈이 왔다고 생각했지. 내 목을 쳐서 명성을 얻으려고, 혹은 나를 소환수로 부리려고……. 온갖 인간이 나를 찾아왔었다. ……전부 죽여버렸지만.』

"살벌하네."

『허나 단순히 검을 수련하려고 찾아온 변태는…… 귀공

뿐이다.』

　용이 문득 웃은 것 같았다— 인간과 얼굴 구조가 달라서 그런 기색을 느꼈을 뿐이지만.

　『왜소한 어중이떠중이 인간과 달리 귀공은 잔재주 없이 정말로 검 한 자루로 내게 정면으로 도전했고…… 사흘 밤낮으로 싸운 끝에 정정당당히 나를 꺾었다.』

　"하하하, 나도 제법 아슬아슬했고 거의 죽다 살았지만……. 강 너머에서 고향 가족들이 손을 흔드는 광경이 몇 번이나 보였어."

　『훗…… 놀랐다. 설마 내 비장의 무기인 **그 포효**를 그런 방법으로 파훼하는 자가 있을 줄은…….』

　"그, 그만해……. 그건 제법 「창피한 이야기」니까……."

　『그리고…… 원통하다, 내 명도 여기까지인가…… 내가 비참하게 땅에 쓰러져 체념했을 때, 귀공은 이렇게 말했지……. 좋은 승부였다! 언젠가 또 겨뤄 보자! ……솔직히 내 귀와 귀공의 정신 상태를 의심했다.』

　"아니, 그건 처음에 말했잖아……. 이건 검 수련이라고."

　『믿을 리가 없잖나? 용을 죽인 영웅…… 귀공들 인간 사이에서는 용을 죽이는 건 특별한 의미와 가치가 있다지? 게다가 화는 나지만, 실제로 우리 용의 육체는 인간들에게 막대한 부를 안겨 준다. 그런 상황에서 내 목숨을 빼앗기는커녕 굳이 내 상처를 치료하고 소재 하나 챙기지 않은 채 그냥 떠날 줄 누가 알았겠나.』

"하하하하……."

애매하게 웃으며 드러누운 청년이 먼 하늘의 별을 바라보는데―.

『그만큼 비정상적인 수련을 쌓아야 할 만큼― 강한가? 마왕은.』

용이 청년에게 물었다.

그러자 청년은 눈매를 살짝 가늘게 하며 말했다.

"그래, 강해. 그 녀석은 이미…… 인간이 아니야. 괴물이지."

『…….』

"마왕…… 사실 그 녀석, 내 어릴 적 친구야……. 옛날에는 마법으로 사람들에게 웃음을 주고 싶어 하는 순수하고 귀여운 여자애였어. 나도 그런 걔를 좋아했고. 나와 달리 뭔가를 만들어 낼 줄 아는 그 녀석을…… 정말 좋아했지. 그래도…… 변해 버렸어. 전란과 혼돈으로 가득한 세상이 그 녀석을 바꿔 놨어. 지금 그 녀석은 파괴와 살육의 희열에 취한 마왕…… 세상의 적이야. 아니, 그래도…… 사실은 그 녀석…… 처음부터 쭉……."

청년은 뭔가 말하고 싶은 것처럼 입을 우물거리다가 결의를 다지고 선언했다.

"누가 그 녀석을 막아야만 해. 죽여야만 해. 그건― 내 역할이야."

『……사랑하는 벗을 죽이려는가. 벗을 죽이기 위해서, 죽을 각오로 강해지려는가. ……나는 인간의 마음을 알 수 없지만…… 그건 괴롭겠군.』

용이 어딘지 모르게 동정하듯 말했다.

『말을 나누어 해결할 수는 없나? 대화와 교섭은 그대들 인간의 특기 아닌가.』

"안 돼……. 그 녀석, 망가졌어. 이제 아무것도 모르더라. 내가 누군지도 기억하지 못해. 모든 걸 파괴하고, 죽이고, 생명을 먹어 치워 강해진다…… 그것밖에 남지 않았어. 이미 그 녀석을 구할 방법은 없어. 구원할 유일한 방법은—."

청년이 검을 뽑아 양손으로 쥐고 칼끝을 먼 천공의 별바다로 들었다.

마치 저 높은 곳에 자리한 별들을 검으로 찔러 떨어뜨리려는 것처럼.

"나는 어차피 검으로 싸우는 재주밖에 없는 놈이야. 그리고 싸움 속에서만 생을 실감하는, 망가진 인간이야. 그래도, 이런 나라도 누군가를 구할 수 있다면, 나는……."

『…….』

비장한 얼굴로 칼끝에 깃든 별빛을 바라보는 청년을, 용은 얼마간 내려다봤다.

그리고 곧 이렇게 말했다.

『……벗이여. 나도 똑같다.』

"……트랜?"

『나도 오랜 시간을 투쟁에 바쳤다. 상대는 귀공 같은 인간이기도 했고, 어떤 때는 동족이기도 했지. 어쨌거나 나도 꽤 오랜 시간을 싸워 왔다. 이 세계에서 패권을 다퉜어. 용의 투쟁 본능에 따라서, 약자를 짓밟고 잡아먹는 우월감과 승리의 쾌감을 추구하며.』

"……."

『내가 최강이다. 내 앞에 엎드려라, 어중이떠중이들. 나는 드래곤. 이 세계의 정점에 서는 유일무이한 존재로다. ……피에 취했을 때는 그런 삶에 아무런 의문도 품지 못했지. 오히려 자랑스럽기까지 했다. 하지만— 언젠가 깨닫게 되더군. 모든 것을 먹어 치우고 노을로 불타는 황야에 고독하게 섰을 때. 아아, 그 삶에는…… 그 오랜 여정의 끝에는…… 아무것도 없다고.』

"……."

『그걸 깨달았을 때, 내 자긍심이었던 싸움의 발자취…… 그것을 장식하던 선명한 색채가 갑자기 색을 잃었다. 지금까지 한 싸움과 살육에 대체 무슨 의미가 있지? 그 후로 자문자답이 끊이지 않았다. 나는 싸움의 의의를 잃었어. 아니, 처음부터 그런 건 없었는지도 몰라. 하지만 이제 와서 살아가는 방식은 바꿀 수 없다. 그래서 무의미한 줄 알면서도 나는 계속 싸웠다. 하염없이 허무했다.』

용에게는 용 나름의 갈등과 고민이 있나 보다.

뭐라고 대답해야 좋을지 몰라서 청년이 입을 떼지 못하는데, 용은 문득 입매를 비틀어 웃었다…… 웃은 것처럼 보였다.

『허나 태어나서 처음으로 의미가 있는…… 그런 생각이 드는 싸움을 할 수 있을지 모르겠군. 벗이여. 귀공의 싸움에 내가 힘을 보태마. 서로의 목숨이 다할 때까지 함께 싸우자. 귀공은 자기가 아무것도 낳지 못한다고 말했지만, 나는 그리 생각하지 않아. 그렇게 믿는 내 존재가 귀공의 싸움에 의미를 부여하고, 귀공은 귀공을 위해 싸우는 나의 싸움에 의미를 부여하지. 귀공과 나…… 함께 싸우면 서로의 존재에 둘도 없는 가치를 낳을 거다.』

"하하하, 트랜은 항상 말을 어렵게 해서 이해가 안 되지만…… 우리가 함께 싸우면 이 세계에서 필요 없는 존재가 아니라는 말인가?"

『쉽게 말하면, 그렇다.』

"하하하. 뭐, 함께 싸우자는 건 대찬성이야. 너와 함께 싸우면, 어쩌면 마왕에게 이 칼이 닿을지도 몰라. 무엇보다 혼자가 아니야……. 친구가 있다는 건 정말 좋은 일이지."

그렇게 말하고 청년은 일어섰다.

그리고 악수를 요청하는 것처럼 용에게 손을 내밀었다.

거기에 응하듯 용은 앞발의 발톱을 하나 내밀었고, 청년은 그 발톱을 잡았다.

"앞으로 잘 부탁해, 트랜."


~~~~.


~~.


"릭스! 정신 차려! 릭스!"

"……?!"


갑자기 이름이 불려 꿈속을 떠다니던 릭스의 의식이 단숨에 현실로 돌아왔다.

눈을 번쩍 뜨자 처음 시야에 들어온 것은 상하가 거꾸로 된 시노의 절박한 얼굴이었다.

시노가 땅에 누운 릭스의 머리를 두 손으로 잡고 얼굴을 들여다보고 있었다.

"릭스……! 다, 다행이다……."

"후우…… 그대라면 죽을 리 없다고 생각했지만…… 너무 놀라게 하지 마라."

다음으로 눈에 들어온 것은 촉촉한 눈으로 릭스의 손을 꽉 잡은 애니와 안도의 숨을 내쉬며 릭스를 내려다보는 세레피나.
~~~~

"시노가 【염화】로 불러서 달려왔더니 네가 죽어 가고 있
잖아……. 대체 무슨 일이 있었어?"

그리고 팔짱을 낀 랜디가 여느 때보다 심각한 목소리로
물었다.

"그게……!"

릭스가 억지로 일어나려고 하지만, 몸이 납덩이처럼 무
거웠다.

"무리하지 마. 상처는 나랑 애니가 【치유】 주문으로 고쳤
지만, 잃어버린 피와 체력은 회복되지 않았어. 누운 채로
말해도 돼. ……무슨 일이 있었던 거야? 어렴풋이 예상은
되지만."

"사, 사실……."

시노의 물음에 릭스는 몽롱한 머리를 저으며 처음부터
설명을 시작했다.

———.

"치안 유지 집행부……?! 젠장! 어떻게 그딴 짓을……!"

릭스에게 이야기를 들은 순간, 랜디가 짜증을 감추지 못
하고 발을 굴렸다.

"릭스. 대표인 남자가 가졌다는 그 뼛조각 이야기…… 사
실이야?"

시노가 어딘지 모르게 차가운 얼굴로 릭스에게 재차 확인했다.

"맞아…… 틀림없어. 제럴드의 그 마력…… 안나 선생님과 완전히 똑같았어. 마왕 유물이라고 하던가? 그 녀석이…… 가지고 있었어."

"……그래."

릭스가 단언하자 시노가 고개를 끄덕였다.

"『위명』을 사용한 고룡종 약탈 계약…… 마왕 유물의 힘이라도 쓰지 않으면 그런 게 트랜에게 통할 리 없지……. 확정이야."

"최악의 사태로군. 그 말인즉, 치안 유지 집행부의 배후에 있다는 말이다…… 《기도파》가."

《기도파》— 그것은 이곳 에스토리아 마법 학원의 심연이다.

과거 《땅거미의 마왕》 셰놀라가 짜낸 금단의 마법 『기도 마법』.

그것을 연구하고 연마하는 금기의 학벌 집단.

목적을 위해서라면 어떤 희생도 마다하지 않는 위험한 자들이다.

철저한 비밀주의 회원제를 유지하며, 학원 어디에 숨어 있는지, 멤버는 누구인지, 규모는 어느 정도인지 밝혀진 바가 전혀 없다.

이 학원 상층부— 세계 최고 수준의 마법 실력을 가진 도사들조차 《기도파》 추적과 근절에 애먹는 것이 현실이었다.

"……."

"……시노."

무슨 생각에 빠진 것처럼 입을 다문 시노에게 릭스는 뭐라고 말을 걸어야 할지 알 수 없었다.

시노의 전생이 바로 그 《땅거미의 마왕》 셰놀라니까.

『기도 마법』은 시노가 이 세계에 낳아 버린 죄악의 증거다.

심지어 《기도파》가 내세우며 악용하는 마왕 유물은— 셰놀라의 유해다. 시노의 그 복잡한 심정을 어떻게 다 헤아릴 수 있을까.

"아무튼 《기도파》가 나온 이상, 이건 학생들 사이의 문제가 아니야."

사고를 억지로 전환하듯 시노가 말했다.

"이미 우리가 감당할 수 있는 수준을 벗어났어. 내일 아침이 밝자마자 바로 학원에 보고하자. 우리가 할 수 있는 일은 그것밖에—."

"안 돼, 시노. 그래서는 안 돼."

릭스가 거절하듯 시노의 손을 잡았다.

"한시가 급한 상황이야. 트랜은 버티고 있었어. 『위명』 재계약에 저항하고 있었어. 그래도 이대로 가면 계약이 곧 완료돼. 시노…… 너는 알잖아? 솔직히 알려 줘…… 트랜은 내일 아침까지 버틸 수 있어?"

“…….”

시노는 자신의 스피어를 전개해 영적인 시각으로 릭스를 빤히 바라봤다.

트랜이 릭스에게 맺은 일방통행 계약은 아직 유효했다.

하지만 시시각각 약해지고 있었다. 내일 아침까지는 절대로 버티지 못한다.

“……오늘 밤, 날이 바뀔 즈음이 고비겠어. 그래도 우리가 할 수 있는 일은 내일 아침을 기다리는 것뿐이야. 이 학원 상급생과 도사들은 밤이 되면 개인에게 주어진 비밀 연구실에 틀어박혀. 우리가 연락하는 건 거의 불가능해.”

“……!”

“그리고 일단 계약이 맺어지면 끝— 트랜은 두 번 다시 네 곁으로 돌아오지 못해. 마왕 유물까지 가진 마술사가 고룡종을 정식으로 소환수로 삼았어. 그건 혼자서 이 세계에 거대한 영향을 끼치고, 상상을 초월하는 부와 명성을 가져오는 강대한 힘이야……. 설령 퇴학당해도 포기할 리 없어. 애초에 학생회 집행부는커녕 학원 도사들도 그 녀석을 막을 수 있을지 어떨지…….”

그럴 줄 알았다는 듯이 릭스가 휘청거리며 일어섰다.

그리고 어딘가로 걸어가려고 했다.

“잠깐. 너, 어디 가?”

“뻔하잖아…… 치안 유지 집행부지……! 트랜을 구할 거야……!”

“그러니까 어디로? 치안 유지 집행부 거점을 알아?”

“……!”

그러고 보니 그렇다며 릭스가 제자리에 굳었다.

그런 릭스에게 시노가 한숨 섞어 말했다.

“릭스. 마법 생물 사육부를 기억해? 그 사람들은 자기네 마물을 학원 이면에 존재하는 이계―『비밀방』에서 사육한다고 했어. 이 학원에는 그런 『비밀방』이 셀 수도 없이 많은 것 같아. 학원 상층부조차 전부 파악하지 못할 만큼.”

“……?!”

“상급생과 도사들에게 주어진 비밀 연구실도 분명 이 『비밀방』이야. 왜 에스토리아 마법 학원의 공간이 이 꼴이 됐는지 모르겠지만, 그런 무법자들이 학원 상층부나 학생회 집행부의 추궁을 벗어나서 뻔뻔하게 활동하는 건 틀림없이 학원이 파악하지 못한 미발견 『비밀방』을 거점으로 가졌기 때문이겠지. 지금부터 학원 부지를 걸으며 일일이 찾는 건 불가능해.”

“그렇다고 해도…… 난 포기할 수 없어……!”

릭스가 다리를 끌면서 걷기 시작했다.

“트랜은…… 그 녀석은 내 동생이야……! 한 번 그 녀석을 내팽개치고 이런 곳까지 도망친 내가, 그런 말을 할 자격은 없지만……! 아무리 그래도, 그런 식으로…… 그런 녀석에

게 존엄과 장래를 빼앗겨도 될 리가 없잖아……?! 그 녀석
도 분명 있을 거야……! 싸움 말고도 살아갈 길을…… 찾을
수 있을 거야…… 시간은 걸릴지 모르지만……!”

“…….”

“아, 정말…… 말로 설명하기 귀찮네……. 쉽게 말해 그거
야…… 내 동생을 달라고……? 이 오빠는 그런 거 허락 못
해애애애!”

릭스의 그 외침에 시노가 깊이 한숨 쉬었다.

“뭐…… 너답네, 릭스. 그리고 점점 마술사다워지고 있어.”

“……시노?”

“「그대, 바라는 것이 있다면 타인의 소망을 화로에 지펴
라」…… 마술사의 근원적인 대원칙이야. 자기 바람을 밀어
붙이기 위해 타인의 바람을 짓밟는다. 자기 바람을 이루기
위해 세상의 이치를, 규칙을 비튼다. 진리 탐구, 인류의 발
전, 정신 단련…… 아무리 거창하고 아름다운 대의명분을
늘어놔도 마술사의 본질은 결국 **그거**야. 하지만 그렇기 때
문에…… 마법은 마법일 수 있어.”

그렇게 말하고 시노는 단장을 뽑아 릭스를 똑바로 바라
보며 말했다.

“……그럼 최대한 마술사답게 가 보자. 나도 갈게.”

“시노……!”

“이런 일도 있을까 봐 트랜에게 마력 발신 각인을 부여해

뒀어. 나라면 그 애가 어디 있는지 알아.”

“오, 오오오오오……! 내 친구가 너무 유능해……! 대단해!”

“……네가 너무 허술한 거야. 미리 말하는데 착각은 하지 마. 난 딱히 네 못난 여동생이 어떻게 되든 알 바 아니야. 다만, 내 전생의 뼈를 장난감처럼 갖고 노는 게 열받으니까 두들겨 패러 갈 뿐이지.”

가감 없이 찬사를 보내는 릭스에게 시노가 불쾌한 표정을 보이면서도 어딘지 쑥스러운 기색으로 고개를 돌렸다.

“후훗! 당연히 이 몸도 가겠다!”

그러자 세레피나도 가슴을 펴며 위풍당당하게 선언했다.

“릭스와 트랜은 장차 나의 소중한 신하가 될 테니까! 이 몸의 것을 가로채는 무뢰배는 직접 처단해 줘야지!”

“세, 세레피나…… 고마워……. 네가 친구라서 다행이야. 그래도 너한테 취직하는 것만큼은 싫어.”

“조금만 더 긍정적으로 고려해 줄 순 없나?!”

세레피나는 쿠웅 소리가 들릴 만큼 낙담하고 눈물을 머금었다.

“……나도 간다, 릭스.”

“……나도.”

이어서 랜디와 애니까지 결심한 것처럼 의사를 밝혔다.

“나는…… 너나 시노, 공주님과 비교하면 짐짝 수준의 허접이지만…… 이런 횡포를 손가락 빨면서 보고만 있을 수 있겠냐!"

"나도 트랜이 걱정돼…… 구하고 싶어!"

"발목만 잡는다는 건 알아! 그래도—."

랜디와 애니가 거절당할 각오로 그렇게 나서지만…….

"그래? 고마워, 랜디, 애니. 믿고 있을게."

의외로 릭스는 흔쾌히 승낙했다.

"응?"

"괘, 괜찮아……?"

설마 정말로 허락할 줄은 몰랐는지 랜디와 애니는 당혹감을 감추지 못했다.

"……응? 피 터지는 전쟁터에 나갈지 말지는 본인 의지가 전부잖아? 왜 내 허가가 필요해?"

"……!"

"그리고 내가 용병 일을 하면서 여러 사람을 봐 왔는데 금방 죽을 인간과 질기게 살아남을 인간은 대충 감으로 알아. 너희는 아마 괜찮을 거야. 신인이 가장 죽기 쉬운 첫 전투도 이미 넘겼고."

"하, 하하하…… 무슨 이유가 그래……?"

릭스의 의미 모를 판단 기준에는 랜디도 쓴웃음을 지을 수밖에 없었다.

"그래도 그대들의 참전은 우리에게도 나쁘지 않은 이야기지. 마법 기술은 아직 초보지만, 랜디는 센스가 느껴지고, 애니처럼 뒤에서 회복과 보조에 전념해 주는 사람이 한 명 있으면 굉장히 든든해.”

“맞아맞아. 잘은 몰라도, 아마 맞겠지. 그리고 감이지만…… 실제로 전쟁터에서는 랜디나 애니보다 세레피나가 죽기 쉬울걸?”

“으에에에에에에에에에엑?! 정말?!”

세레피나는 쿠웅 소리가 들릴 만큼 낙담하고 눈물을 머금었다.

“그, 그냥 넘길 수 없는 말이다! 왜 천재인 이 몸이—?!”

“음? 생존율이란 건 단순한 전투 실력의 문제가 아니야. 말로 하긴 어렵지만…….”

세레피나가 릭스의 멱살을 잡고 앞뒤로 흔들며 통곡했다.

그런 일동을 보고 시노가 탄식했다.

“이야기가 진행이 안 되네. 하지만 나도 릭스와 세레피나의 의견에는 대부분 동의해. 무슨 일이 있어도 자기 책임. 그럴 각오가 있으면 동행해 주는 것도 나쁘진 않은데…… 어떡할래? 둘 다.”

시노의 냉담한 물음에 랜디와 애니가 진지하게 고개를 끄덕였다.

“좋아! 그럼 인성 글러 먹은 선배들을 다 같이 밟아 주러 가 볼까!”

릭스의 호령을 신호로 일동은 학원 교사 쪽으로 걸어가기 시작했다.

———.

교사로 향하는 도중, 릭스 옆을 걷던 시노가 릭스에게 소리 죽여 중얼거렸다.

"그런데…… 한참 멋 부린 뒤에 미안하지만, 우리 중에 네가 제일 걸림돌이라는 거…… 알아?"

"으……."

시노의 말은 사실이었다.

즉, 마법 사용에 필요불가결인 스피어가 없다는 말이었다.

정확히 말하면 릭스에게도 스피어는 있지만, 그건 특수해도 너무 특수해서 마술전에서는 없는 것이라고 봐도 무방했다.

「검사는 마술사에게 절대로 이길 수 없다」— 그것이 이 세계의 통설.

비마술사에게 마술사의 스피어 영역은 사지(死地)였다.

"그거 말하지 마, 시노……."

"사실 확인은 필요하니까."

어색해 보이는 릭스에게 시노가 차갑게 말했다.

"그래도 너를 우리 최강의 수로 쓰는 방법이 있어. 사실

그게 없었으면 나도 이렇게 무모하게 쳐들어가지 않았을
거야."

"……응?"

눈을 깜빡거리는 릭스 앞에서 시노가 뭐라고 중얼거리며
자기 머리를 만지기 시작했다.

시노의 한 곳만 길게 뻗은 머리 다발…… 그것을 손가락
으로 몇 번 빗더니, 곧 그것을 잡아 숨을 불어넣듯 입에 맞
췄다.

잠시 후 시노는 거기서 머리카락 한 가닥을 뽑았다.

"손 내밀어. 왼손."

"……?"

그리고 의아해하는 릭스의 왼손을 잡고 약지에 머리카락
을 둘둘 감아 묶었다.

"……시노. 이건?"

"릭스, 잘 들어. 이건— 너의 생명줄이야."

제9장 적진 난입

—에스토리아 마법 학원 교사 3층, 북동부.

해가 완전히 넘어가고 모든 조명이 꺼져 어두컴컴한 밤의 교사 내부— 갖가지 그림과 예술 작품이 전시된 롱 갤러리에서.

릭스 일행은 벽에 걸린 큰 거울 앞에 서 있었다.

"여기야. 이게 아마 놈들의 거점으로 가는 입구일 거야."

시노가 끝부분에 【조명】 마법 불빛이 떠 있는 단장으로 거울을 가리켰다.

"응? 이 거울이?"

"그래. 이 거울 뒤쪽에 이계—『비밀방』이 있어."

릭스는 바로 거울로 돌격해 봤다.

평범하게 튕겨 나왔다. 아프다.

"……못 들어가는데?"

"당연히 이대로는 못 들어가지. 【폐문】과 【은폐】 마법이 걸려 있으니까."

시노가 어이없다는 투로 말했다.

"아마 암호를 말하면 간이적으로 【폐문】과 【은폐】가 풀려서 방으로 들어갈 수 있는 구조 같아."

"암호……?! 시노, 알아?"

"알 리가 있겠어?"

"어, 어쩌지…… 그럼 그럴싸한 단어를 모조리 시험할 수밖에 없나?!"

릭스가 머리를 감싸 쥐는데 시노가 한숨 쉬었다.

"……그런 지겨운 짓을 할 리가 없잖아."

그리고 시노는 단장을 휘둘러 거울에 빠르게 문자를 썼다.

"—「해방하라, 백일하에 진실을 드러내라」."

시노가 마법을 지우는 【해주】 주문을 왼 순간.

마치 대량의 유리가 깨지는 듯한 소리가 울려 퍼지고— 눈앞의 허공이 유리 파편처럼 깨져 무너지더니 진실이 눈앞에 드러났다.

그곳에는 이미 거울 같은 건 없었다. 중후한 문이 하나 있을 뿐이었다.

"무, 무슨 구조일까……? 분명히 거울은 현실에 있었는데……."

"하, 너무 뻔하네. 이 정도 【폐문】과 【은폐】로 대체 뭘 숨기겠다는 건지."

어리둥절해하는 애니 옆에서 시노가 업신여기듯 말하고

단장을 거뒀다.

"아니…… 이곳은 【폐문】과 【은폐】, 위험한 수준이다만? 적어도 이 거울이 입구라는 확신이 없는 한 학원 도사들도 전혀 눈치채지 못할 정도로."

"그걸 이렇게 쉽게 풀어 버리다니…… 역시 전《땅거미의 마왕》……."

시노의 놀라운 마법 기량에 세레피나와 랜디가 살짝 기 겁했다.

"쓸데없는 이야기는 그만. 이 문 너머는 이계— 우리가 사는 물질계의 법칙에서 벗어난 성유계야. 무슨 일이 벌어 져도 이상하지 않고, 치안 유지 집행부도 상당수 있겠지. ……신중하게 가자."

"오케이. 알았어, 시노! 튀어나와, 이것들아아아아아아아 아아아아아아아아—!"

콰아아아아아아아아아앙!

릭스가 뒤돌려차기로 문을 깨부쉈다.

"모두 가자! 우오오오오오오오오오오오오오오오오—!"

"신중하게 가자고 했잖아아아아아아아아아아아아아?!"

새로 나타난 통로로 맹렬하게 돌격하는 릭스의 뒤에서 시노가 새빨간 얼굴로 소리쳤다…….

______________.

"젠장. 역시 만만치 않군……."

제럴드는 지긋지긋하다고 혀를 찼다.

이곳은 치안 유지 집행부가 전통적으로 활동 거점으로 사용하는『비밀방』.

치안 유지 집행부의『비밀방』은 여러 방과 그것을 잇는 무수한 통로로 구성된 작은 던전 같은 곳이었다.

지금 제럴드가 있는 이곳은 그 가장 안쪽.

꽤 넓은 마법 의식실 같은 방이었다.

방 중앙 바닥에는 거대한 마법진이 설치되었고, 그 위 천장에 두 팔이 사슬로 묶인 트랜이 매달려 있었다.

트랜은 축 늘어져서 미동도 하지 않았다.

그 흉부에는『위명』이 새겨져 있고 끝부분부터 시시각각 빛이 강해졌다.

"설마 마왕 유물의 힘을 쓰고도 재계약에 이토록 고전할 줄은. 하지만 시간 문제야. 곧 이 고룡종은 내 것이 된다……. 일시적으로 **그 녀석**과 손을 잡은 게 정답이었어."

제럴드는 회심의 미소를 지었다.

"그나저나…… 의외야. 설마 **그 녀석**이《기도파》였을 줄이야……. 사람은 겉만 보고 판단하면 안 된다더니. 어쨌거나 고룡종이 나의 정식 소환수가 되면 막대한 힘이 생겨…….

그때부터는 내 세상이야. 저열한 《기도파》와 무능한 학생회 집행부를 뭉개 버리고 우리가 이 학원을 주무르는 거야……. 학원 상층부도 참견하지 못할 거다…… 하하하하하 하하하하하ㅡ!"

ㅡ그러던 그때였다.

마법 의식실 안에서 마법 경종이 울렸다.

그것이 의미하는 바는…….

"……침입자……라고……?"

그 사실에 제럴드는 고개를 갸웃거렸다.

"……말도 안 돼. 뒤를 캐고 다니는 줄은 알았지만, 그 무능한 학생회 집행부가 이 『비밀방』 위치를 알아내……? 그럴 리가 없어……! 이 학원 『비밀방』은 도사들조차 전부 파악하지 못할 만큼 완벽하게 은폐됐어……! 그걸 무능한 학생회 집행부가 밝혀낼 리가……?!"

애초에 이 시간대에는 학생회 집행부가 활동하지 않는다.

만약 이 『비밀방』을 간파했다고 해도 절대로 이 시간에 쳐들어올 리 없었다.

"……설마?"

문득 어떤 생각이 떠오른 제럴드가 천장에 매달린 트랜의 몸을 지팡이로 찔러서 조사했다.

그러자ㅡ 있었다. 트랜의 왼쪽 손등에 새겨진 마력 발신 각인이.

"······뭐, 뭐야, 이 은폐 수준은······?!"

제럴드 수준의 마술사가 지금까지 깨닫지 못할 만도 했다.

마력 은폐 마법식의 수준이 달랐다. 학원 도사 중에서도 이 수준의 은폐 마법을 쓸 수 있는 마술사가 몇 명이나 될까?

"······그렇다면 이 상황으로 추측건대 십중팔구 침입자는 이 고룡종 관계자······ 그 둔하고 무능한 평민 릭스와 1학년 그룹인가?"

치안 유지 집행부는 학원에 속한 모든 학생의 교우관계 및 그룹의 정보를 독자적 조사망으로 파악하고 있었다.

그러면 이 마력 발신 각인을 새긴 사람은 시노 화이나이트다.

마술사로서 재능은 평범한 주제에 왠지 기량과 지식만은 도사들도 능가하는 이색적인 학생이었다.

"그렇군······ 고룡종을 되찾으러 왔나? 흥······ 놀라게 하긴······."

그 학생회 집행부가 온 줄 알고 조금 식은땀을 흘렸다.

그도 그럴 게 학생회 집행부는······ 한가락 하는 자들이 모여 있다. 물론 싸워서 질 것 같지는 않지만, 정면에서 아무런 준비도 없이 싸우는 건 좋은 생각이 아니다.

마술사는 필승의 확신이 있을 때만 싸움에 나서는 법.

그 점에서 상대가 그 1학년 그룹이라면 아무런 문제도 없다.

이 『비밀방』을 들킨 것은 뼈아픈 실책이지만, 이때를 대비해 이주할 『비밀방』 후보는 많이 확보해 뒀다.

그래도 트랜의 재계약과 『위명』 침투에는 아직 시간이 걸릴 것 같았다.

"어쩔 수 없지……. 상대해 줄까, 자기 분수를 모르는 1학년들을."

그렇게 말하고 제럴드가 손가락을 탁 튕겼다.

그 소리에 반응해 트랜을 매단 사슬이 쉿소리를 내며 끊기고 트랜이 바닥에 쓰러졌다…….

————.

릭스 일동이 돌입한 곳에는 현관홀 겸 담화실 같은 공간이 펼쳐져 있었다.

그곳에 치안 유지 집행부 멤버로 보이는 상급생들이 열 명 정도 모여 있었다.

난데없이 나타난 릭스 일동을 보고 상급생들은 어안이 벙벙한 모양이었지만, 곧 조직적으로 움직여 일동을 포위하려고 했다.

"네놈들은 누구냐?!"

"대체 어떻게 이곳을 찾았지?!"

하지만—.

그보다 빠르게 릭스가 움직였다.

"죽어어어어어어어어어어어어어어어어어어어
어어—!"
""크아아아아아아아아아아아아아아아악—?!""

적을 만나면 즉시 쳐라— 타도해야 할 적 앞에서 말을 나
눌 필요 따위 없다.

그런 용병의 규칙에 따라서 릭스가 바로 두 상급생을 칼
로 공격해(일단 칼 옆면) 날려 버린 것을 신호로 처절한 난
투가 시작됐다.

평소에도 거친 일과 연이 많은 치안 유지 집행부였다.

학원의 소동을 무력으로 제압해 온 그들은 싸움의 베테
랑이라고 할 수 있었다.

하지만…….

"으아아아아아아아아아아아아아아아아아아아아아아—!"

"자, 잠깐! 잠깐만 타임! 아직 우리는 싸울 준비가— 커흑?!"

"비, 비겁하다! 우선 이름을 대고 인사를 나누는 게 우리
마술사 결투의 예의— 푸흐으으으윽?!"

"지, 진정해! 응?! 우리 말로 하자! 말로우아아아아아악?!"

번개 같은 기습에 더불어 이렇게 일방적이고, 말도 안 통
하며, 무자비한 상대와 만난 것은 베테랑 상급생들도 처음

이었나 보다.

마치 폭풍 같은 일방적인 폭력이 그곳을 휩쓸었고, 동요와 당혹스러움으로 허둥대는 사이 상급생들은 우수수 나가떨어졌다.

—그리고 이내.

"훗…… 클리어."

의기양양한 릭스가 상쾌한 표정으로 칼을 집어넣었다.

그곳에 서 있는 사람은— 릭스를 빼면 아무도 없었다.

"아, 그런데 하려던 이야기가 뭐죠, 선배? 할 말이 있으면 저 제대로 들을게요. 역시 폭력보다 대화가 중요하다고 생각하니까……."

사뭇 진지한 얼굴인 릭스가 쓰러진 선배들의 멱살을 잡고 들어 올렸다.

하지만 정작 선배들은 흰자위를 드러낸 채 게거품을 물고 있어 당연히 아무런 반응도 돌아오지 않았다.

"와아…… 스피어도 전개하기 전에 전부 해치웠어…… 와아……."

"마법을 못 쓰는 릭스에게는 합리적인 전술이겠지만…… 썩 보기 좋진 않네."

"전투원으로는 매우 유능해! 더더욱 그대를 갖고 싶어졌다! 인간으로서는 끝장났지만!”

“아하하…… 괜찮을까……? 선배님들…….”

아무것도 못 한…… 아니, 뭘 할 틈도 없었던 랜디, 시노, 세레피나, 애니가 저마다의 감상을 남겼다.

“시노…… 네가 준 『부적』, 효과가 엄청나! 이 기분 좋은 출발은 네 덕분이야!”

그러면서 릭스가 시노의 머리카락이 감긴 왼손 약지를 보여주며 굉장히 해맑게 웃지만…….

“전혀 관계없어. 그 부적에 그런 효과 없어. 네 잔악무도함을 내 탓으로 하지 말아 줄래?”

시노는 눈살을 찌푸리며 쌀쌀맞게 대답했다.

“이거…… 그냥 릭스 혼자서 충분하지 않아?”

“나도 그런 생각이 들기 시작했다.”

“아무튼 빨리 가자. 시간이 없어……. 점점 트랜과 릭스 사이의 계약이 약해지는 중이야.”

그렇게 말하고 시노는 바로 걸음을 옮겼다.

————.

치안 유지 집행부의 『비밀방』은 흡사 미로 같았다.

자료실, 실험실, 식량 창고, 수면실에 주방, 변소까지…… 필요한 설비는 얼추 다 갖춰서 마음만 먹으면 여기서 며칠 지낼 수도 있을 정도였다.

"이 녀석들이 이런 좋은 곳을 근거지로 삼아……? 부럽게."

"이미 이것만으로 악행이네. 결정. 내가 정했어. 야, 랜디. 차라리 여기를 빼앗아서 우리 비밀기지로 쓰지 않을래?"

"그거 좋은데! 우오오오오오! 낭만 넘치잖아! 의욕이 샘솟는다!"

"……흥, 어림도 없는 소리 하지 마. 그보다 남자는 왜 저렇게 비밀기지나 은신처라면 껌뻑 죽나 몰라."

"남자애라서…… 아닐까?"

그런 대화를 나누면서 일동은 신중하게 나아갔다.

함정을 경계하지만…… 의외로 그건 없었다.

생각해 보면 애초에 침입자를 가정하지 않은 『비밀방』인데다가, 공동생활 공간이 많아서 함정을 설치한다는 생각조차 안 했나 보다.

그럼 오히려 잘됐다며 일동은 거침없이 걸어갔다.

"시노, 다음은 어디야?"

선두에서 걷는 릭스가 정면에 T자 갈림길을 발견하고 시노를 돌아봤다.

이 『비밀방』의 지도는 시노가 【공간 파악】 마법으로 이미 머릿속에 기록해 뒀다.

"……그 갈림길에서 왼쪽이야."

"역시 시노야! 믿음직하다니까~."

릭스는 그렇게 장난스레 반응하지만…….

"……."

정작 시노는 늘 언짢아 보이는 그 가면 같은 얼굴에 왠지 당혹스러운 기색이 드러나 있었다.

"왜 그래? 시노."

"……딱히. 그냥 기분 탓이야."

릭스가 시노의 이상한 반응을 예민하게 포착하고 물었지만, 시노는 한마디로 일축하고 더 이상 말을 꺼내지 않았다.

"……?"

시노의 그 반응을 릭스는 조금 이상하게 생각했지만, 일단 적진이니까 잡념은 밀어내고 고개를 정면으로 돌렸다.

그런 릭스의 등을 멍하게 바라보며 시노는 홀로 생각했다.

'그래…… 기분 탓이야. 기분 탓일 거야……. **내가 이곳을 알 리가**…… **전에 온 적이 있을 리가**……. 그런 건…… 그냥 내 착각이야…….'

시노를 엄습한 것은 강렬한 기시감이었다.

지금은 그것을 무시하고 릭스와 함께 앞으로 나아갔다.

이윽고— 일동은 넓은 공간에 도착했다.

————.

"여긴……?"

"뭔가…… 학원 지하에 있는 마법 투기장이랑 분위기가
비슷한데."
　릭스 일동이 그렇게 주변을 두리번거리는데…….

"이곳은…… 우리 마법 훈련장이야."

　그곳에 사람이 나타났다.
"우리는 이 학원의 질서 유지를 맡은 선택받은 자들이야.
당연히 누구보다 강해야만 해. 그래서 매일 절차탁마하는
거지."
　제럴드였다.
　그리고 그 옆에 선 사람은—.
"……."
　트랜이었다.
　트랜은 공허한 눈으로 멍하니 허공에 시선을 던지고 있
었다.
"트랜!"
　트랜을 확인한 릭스는 그곳으로 달려가며 소리쳤다.
"구하러 왔어, 트랜! 이제 괜찮아! 이쪽으로—."
　하지만.

　후웅!

대기를 가르는 폭력을, 릭스는 순간적으로 몸을 빼서 피했다.

조금만 더 반응이 늦었으면…… 머리가 몸과 사별했다.

갑자기 눈에도 보이지 않는 속도로 돌진해 온 트랜이 등에 멘 도끼를 릭스에게 휘두른 것이었다.

트랜은 마치 네발 동물 같은 낮은 자세로 도끼를 들고 있었다.

"트, 트랜……?"

『크르르르르르르르르르르르르르……!』

당황하는 릭스에게 들린 트랜의 말은 마치 위협하는 짐승 같은 울음소리였다.

"왜, 왜 그러는가?! 트랜!"

"서, 설마…… 늦었나?!"

"그럴 수가…… 이미 선배의 소환수가 된 거야?!"

최악의 사태를 예감하고 세레피나, 랜디, 애니가 각자 소리쳤다.

"아니. 아직 트랜과 릭스 사이의 계약은 완전히 끊어지지 않았어……."

트랜의 상태를 빠르게 눈치챈 시노가 담담하게 말했다.

"아마 절반 이상 정착한 『위명』을 통한 강제 지배 소환. 불완전한 『위명』으로 소환수를 지배하는 건 보통 불가능하지만……."

"잘 아는군. 그래도 **이것**만 있으면 그 불가능도 가능해져."

제럴드가 왼손을 들었다.

그 손바닥 위에 떠 있는 뼛조각— 마왕 유물.

그것은 마치 부서진 수도관처럼 검고 불길한 마력을 쏟아내고 있었고—.

제럴드가 오른손으로 손가락을 탁 튕기자.

『크, 아, 아아아아아아아아아아아아아아아아아아아—!』

트랜의 몸에도 마왕 유물의 마력이 끝없이 흘러들어 차올랐다.

그리고 트랜은 지금까지와는 비교가 되지 않는 속도와 파워로 당황한 릭스에게 돌진했다.

"큭—?!"

찰나의 접근. 트랜이 머리 위로 든 도끼를 내리찍었다.

어쩔 수 없이 릭스가 검을 뽑아 두 손으로 방패처럼 잡았다.

하지만 감으로 알 수 있다. 이 검으로는 지금 트랜의 일격을 막지 못한다.

검은 부러지고 릭스도 좌우로 갈라질 것이다—.

"릭스!"

하지만 간발의 차로 시노의 마법이 들어왔다.

시노가 단장을 내밀고 릭스의 검에 마력을 불어넣어 강

화했다.

　그 직후, 정면에서 충돌하는 릭스의 검과 트랜의 도끼.

　고막을 찢을 듯이 폭발적인 소리.

　어마어마하게 튀는 불똥.

　릭스의 검이 부러지지는 않았지만―.

　"어어어어어어―?!"

　『으아아아아아아아아아아아아아아아아아아아아아아아―!』

　트랜의 돌진이 그대로 방어한 릭스를 밀어냈다.

　릭스의 신발 밑창이 바닥에 두 줄기 선을 그린다―.

　"젠장……! 어이, 선배! 뭐 하는 거야?!"

　랜디가 제럴드에게 소리쳤다.

　"아무리 그래도 너무하잖아! 빨리 막아! 릭스를 죽일 셈이야?!"

　하지만―.

　"그게…… 무슨 문제라도?"

　제럴드가 마치 나락의 밑바닥 같은 눈으로 정말 이상하다는 듯이 말했다.

　"뭐라고……?!"

　"여긴 『비밀방』…… 무슨 일이 일어나도 바깥에서는 알 수 없지……. 그래…… 여긴 아무런 문제도 없어……."

어딘가 분위기가 이상한 제럴드를 보며 랜디가 목소리를 삼켰다.

"그나저나, 아아…… 이 마왕 유물이란 건, 정말 멋져……! 지금까지 느낀 적 없는 힘이 무한정 흘러넘쳐……! 이렇게!"

오싹!

제럴드의 손바닥 위에 있는 마왕 유물에서 더 많은 마력이 흘러나오고―.

『쿠, 으, 아아아아아아아아아아아아아아아아아아아아악―?!』

거기에 호응하듯 트랜의 전신에서 불길한 검은 마력이 더욱 팽창했다.

트랜이라는 존재가 무제한으로 강해진다―.

그리고 그 여린 소녀의 육체에 이상이 발생했다.

팔다리와 볼에 비늘이 우수수 돋아난다.

이빨이 늘어나고 뿔이 머리에서 돋아난다…….

그에 따라서 트랜은 더 인간답지 않은 동작과 힘으로 릭스를 공격해 왔다.

"트, 트랜……?!"

『으아아아아아아아아아아아아아아아아아아아아아아아아아아―!』

몇 번이고, 몇 번이고 릭스의 검과 트랜의 도끼가 충돌한다.

릭스는 이미 수세 일변도.

트랜의 공격을 막는 것만으로 벅찼다.

"저, 저거…… 소환수에게 쓰는 【마력 증여 강화】야!"

애니가 비명처럼 소리쳤다.

【마력 증여 강화】— 마술사가 소환수에게 마력을 보내서 능력을 강화하는 마법이었다.

"그래, 맞아! 심지어 그게 너무 강해서 인간의 육신이 다 담아내지 못하니까 트랜의 방어 본능으로 선조 회귀 현상이 일어난 거야!"

"제정신인가! 그대는 정말로 트랜을 변이시킬 셈인가?!"

"그러니까! 그게 대체, 무슨 문제냔 말이다!"

세레피나의 분노에 찬 비난을 제럴드는 일소에 부쳤다.

"「그대, 바라는 것이 있다면 타인의 소망을 화로에 지펴라」…… 마술사가 자기의 대의를 위해 남을 짓밟는 게 대체 뭐가 문제지?! 하하하하하하하하하! 그리고 나에게는 그만한 힘이 있어! 마왕 유물! 고룡종! 이 둘이 모인 나는 무적이다! 그 지긋지긋한 학생회 집행부 따위 적수가 못 돼! 학원 상층부도 문제가 되지 않아! 크크크, 질서를…… 이 학원에 궁극적인 질서를 확립해 주마! 우리 같은 진정한 마술사만이 지배하는 올바른 학원을, 내가 만들어 낼 거다……! 하하하하하하하하하하하하하하하하하하하하하—!"

"아, 안 되겠어. 저 녀석, 안나 선생님이랑 똑같아. 완전히 맛이 갔어."

"다행히 안나만큼 절망적인 상대는 아니로군. ……그래도 압도적이지만."

"그러게. 게다가…… 이 상태에서 정말로 고룡종을 지배하면 저 남자의 힘은 학원 대도사도 뛰어넘을지 몰라. 트랜은 릭스에게 맡기고…… 해치우자, 여기서 저 남자를."

시노, 세레피나, 랜디, 애니가 전투태세에 들어갔다.

"허어? 나와 싸우려고? 이길 수 있다고 생각하나?"

"……이길 수 있어."

시노가 딱 잘라 말했다.

"지금 너는 불완전한 『위명』으로 트랜을 억지로 지배하고 있을 뿐이야. 마왕 유물의 힘으로 억지로 찍어 누르고 있을 뿐이지. 하지만 트랜은 고룡종이야. 그걸 힘으로 지배하는 중인 네가 다른 마법을 쉽게 쓸 수 있을 리 없어."

"그렇군…… 확실히 지금 나는 네 말대로 제대로 마법을 쓰지 못하고 싸우지도 못해. 그럼 나 대신 싸울 자를 부르면 되지 않나?"

"……?!"

그때, 제럴드 앞에 마법진이 떠올랐다.

그리고 마법진이 빛을 내며 「문」이 열리고, 그 「문」에서 누군가가 출현했다.

그것은 보기만 해도 두려움을 일으키는 기이한 괴물이었다.

앞쪽에는 사자와 용과 염소의 머리가 달렸고, 몸통은 사자의 상반신과 염소의 하반신, 등에는 용의 날개, 뒤쪽 꼬리에는 뱀의 머리가 자라 있었다.

마수 키마이라. 강대한 힘을 가진 A급 소환수.

심지어 마왕 유물로【마력 증여 강화】를 받아 강화된―.

"소환 마법이 복잡한 절차나 기술, 마법식을 필요로 하는 건 처음『진명』을 알아내고 장악할 때뿐이지. 한 번『진명』을 장악하면 이렇게 쉽게 소환할 수 있어. 필요한 건 마력뿐."

"……큭?!"

그래도 그만큼 강대한 마물을 트랜과 동시에 지배하는 것은 신기라고밖에 할 수 없는 고등 기술이었다.

큰소리칠 실력은 된다. 제럴드는― 강하다.

"이미 말할 필요도 없겠지만, 내 전문 분야는, 소환 마법이다."

제럴드가 로브를 휘날리며 말했다.

"소환 마법을 극한으로 갈고닦는 것은 혼자서 군대를 거느리는 것과 같지. 선배로서 알려 주마. 초일류 소환술사를 상대로 싸우는 게 얼마나 어리석은 일인지―!"

그렇게 말하고 제럴드가 손가락을 튕겼다.

그러자 네 사람을 사냥감으로 정한 키마이라가 사나운 기세로 뛰어들었다―.

제10장 부적과 활로

―시간을 조금 거슬러 올라…….

"……시노. 이건?"

릭스는 자기 왼손 약지에 감긴 시노의 머리카락을 신기하게 보면서 물었다.

"릭스, 잘 들어. 이건― 너의 생명줄이야."

"생명줄……?"

"기억해? 네 스피어는 우리 같은 평범한 마술사와 달라. 밖으로 열리지 않고 네 안에서 완전히 닫힌 자기 완결성을 띠어. 너는 열려 있는데 닫힌 특수한 스피어를 가진 인간―『에고』야."

"응…… 기억해."

"네 【비장의 수】…… 그「빛의 궤적」은 그『에고』를 이용한 기술이야. 아직 자세한 원리는 모르지만, 실제로 그렇게 작용해. 그런데 너는 자기『에고』를 전혀, 추호도, 눈곱만큼도 제어하지 못하고 있어. 그래서 너는 자아를 자기『에고』안에 매몰시켜서 미리 정해진 명령만 수행하는 자동 살육

인형이 되어서만 「빛의 궤적」을 쓸 수 있지. 대체 누가 이런 비인도적인 시스템을 너한테 넣었는지…… 뭐, 이 이야기는 일단 넘어가자. 아무튼 이건 잘못하면 다시는 인간으로 돌아오지 못하는 양날의 검이야…… 알지?”

“알아…….”

그러자 시노는 릭스의 왼쪽 손목을 잡고 릭스의 눈앞으로 들었다.

“이 머리카락에 내 마력과 스피어를 나눴어. 이건 네『에고』에 매몰되는 자아를 절반으로 억제해. 말 그대로『에고』라는 심연 아래로 가라앉는 너를 현생에 묶어 두는 생명줄…… 이 부적이 있는 한 너는 완전한 인형이 되지 않아. 아마 위력은 절반 이하로 떨어지겠지만— 너는 너인 채로 그「빛의 궤적」을 휘두를 수 있게 돼.”

“……!”

“그래도 조심해. 그 효과는 영원하지 않아. 임시로 너의 「빛의 궤적」을 휘두르는 인형 상태를『황혼 모드』라고 지칭하자…….”

“시노, 이름 짓는 센스하곤.”

“닥쳐. 그『황혼 모드』에 들어가고 3분이면 그 부적의 힘은 소진돼. 그러면 너는, 사람으로 돌아올 수 없어. 알았지?『황혼 모드』에 들어가면 3분 안에 마무리를 지어…….”

———.

"으아아아아아아아아아아아아아아아—!"

도끼를 치켜들고 맹렬하게 돌진해 오는 트랜에게로 릭스가 움직였다.

머리 위에서 벼락처럼 떨어지는 도끼를 향해 릭스가 왼쪽 하단에서 검을 베어 올린다.

그 찰나, 칼끝에 깃드는 황혼색 「빛」.

몇 번을 부딪치고 몇 번을 막아도 트랜에게 밀리던 릭스의 검이— 변했다.

강철을 가르는 요란한 쇳소리, 불똥과 함께—.

트랜의 도끼를 완전히 절단하고, 그 충격으로 트랜의 몸을 옆으로 크게 날려 버린다.

"……뭐?!"

설마 고룡종이 힘 싸움에서 질 줄은 상상도 하지 못했던 제럴드의 얼굴이 경악으로 물들었다.

"뭐, 뭐냐?! 그 칼끝의 빛은……?!"

그리고 지금 릭스의 눈앞에 트랜은 없었다.

트랜은 바닥에 튕기며 구르는 중이었다.

즉, 릭스와 제럴드를 가로막는 것은— 아무것도 없다.

"—큿!"

릭스가 지체 없이 달렸다.

마치 그림자가 땅을 달리는 듯 보이는 그 돌진 속도는 가히 신속(神速).

칼끝의 빛을 반짝이며 릭스는 제럴드의 정면에서 육박한다—.

똑바로 제럴드를 주시하는 릭스의 눈동자에 깃든 것은 빛이 없는 무한한 허무의 색.

마치 인형 같은 그 눈에 제럴드는 등줄기에 오싹한 감각을 느꼈다.

"흥—!"

어쩔 수 없이 제럴드가 릭스에게 지팡이를 들었다.

발동한 것은 【구속 마법】.

릭스의 움직임을 봉하고자 사방팔방에서 릭스에게로 빛고리가 날아들지만—.

휘날리는 검광, 검광, 검광—.

릭스가 휘두른 칼을 따라서 「빛의 궤적」이 릭스에게 채워지려던 빛고리를 모조리 썰어 버렸다.

"뭣?!"

"끝났다……!"

다음 순간, 제럴드를 완전히 자기 공격 범위 안에 넣은 릭스가 여기서 끝내겠다는 생각으로 「빛의 궤적」을 그리지만ー.

“ー라고 생각했나?”

제럴드가 몸을 틀어 릭스의 검을 가뿐하게 피했다.
“ー?!”
개의치 않고 릭스가 검을 돌려 다시 공격했다.
내리친 검을 대각으로 쳐올려, 왼쪽으로 피한 제럴드를 따라갔다.
번갯불이 튀는 것 같은 상중하단의 신속 3연격.
“어이쿠.”
제럴드는 그것마저 사뿐사뿐 피하며 거리를 벌렸고ー.
그러는 사이.

『크아아아아아아아아아아아아아아아아아아아ー!』

복귀한 트랜이 릭스를 옆에서 덮쳤다.
그 양손에는 용 언어 마법 【찢어발기는 용 발톱】^{클로 익스텐드}ー 미스릴이나 오리할콘조차 버터처럼 가르는 용의 발톱이 자라 있었다.
“큭ー?!”

릭스가 트랜의 그 공격에 「빛의 궤적」을 맞췄다.

대기가 떨리는 충격음.

릭스와 트랜은 서로의 공격으로 발생한 반작용으로 튕겨 나가다시피 멀찍이 날아갔다.

"젠장……!"

거스르지 않고 땅을 굴러, 그 기세를 이용해 재빨리 태세를 재정비하는 릭스.

『크르르르르르르르르르……!』

기적적인 균형 감각으로 공중에서 몸을 돌려 고양이처럼 가볍게 착지하는 트랜.

트랜은 제럴드를 앞에서 감싸는 형태로.

릭스는 그런 트랜과 정면에서 맞서는 형태로.

둘은 다시 눈싸움을 벌이게 됐다—.

"그렇군…… 나를 노리나."

로브 자락에 묻은 먼지를 털며 제럴드가 말했다.

"그래, 내가 죽으면…… 그 고룡종의 계약은 무효가 되지. 크크크…… 너도 제법 마술사다운데?"

릭스의 칼을 여유롭게 피한 제럴드가 콧방귀를 뀌었다.

그런 제럴드에게 릭스가 반발하듯 말했다.

생명이 느껴지지 않는 눈이지만, 그 의식은 또렷했다.

"반은 맞고 반은 틀렸어."

"뭐라고?"

"나는 당신을 안 죽여. 나는 이 학원에서 평화롭고 즐겁게 살고 싶어. 당신처럼 짜증 나는 인간이라도 죽이면 즐겁게 학원을 다닐 수 없잖아? 그건 사양하고 싶어. 기껏해야 정신을 잃을 때까지 두들겨 패는 정도지. 그리고 계약 문제는 시노가 어떻게든 해 줄 거야. 아마."

릭스의 그 대답에 제럴드는 실망하고 경멸하듯 내뱉었다.

"흥, 사람을 죽이는 게 무섭나? 방금 한 말은 취소다. 너는 마술사가 아니야. 그저 현실에서 도피하는 어리광쟁이지."

"그럴지도."

"나라면 필요할 땐 망설이지 않고 죽여. 나는 진정한 마술사니까. 알겠어? 이게 너와 나의 「차이」다."

"이건 내 감인데…… 당신은 그냥 모르는 거 아냐? 사람을 죽이는 무게를. 내가 현실에서 도피한다면, 당신은 현실을 볼 줄 모르는 거야."

꾸밈없는 말투로 덤덤하게 말했지만, 릭스의 그 말에는 왠지 신기한 무게가 있었다. 본질을 날카롭게 찌르는 듯한, 그런 분위기가 있었다.

"뚜, 뚫린 입이라고……!"

그게 묘하게 심기를 건드렸는지 제럴드는 짜증과 불쾌감을 뱉어 내듯 받아쳤다.

"그래도 아쉽게 됐군, 릭스. 보다시피 네 공격은 나한테 전혀 안 통해.”

“…….”

“마술사는 자신의 스피어 영역 안의 모든 현상을 완전히 지각하고 파악할 수 있어. 즉, 아무리 빨리 움직여도 네 움직임은 손바닥 들여다보듯 뻔하다는 거야. 그걸 막으려면 너도 스피어를 전개해 내 스피어 지각에서 벗어나야 하지만…… 다 알아. 너, 스피어가 없어서 마법을 못 쓴다며? 유명해.”

“…….”

“이제 알겠지? 무슨 기묘한 「기술」을 가진 모양이지만— 전혀 문제없어. 너에게 승산은 티끌만큼도 없다……!”

그렇다.

시노의 부적을 이용한 「빛의 궤적」은 불완전했다.

우선 스피드도 파워도 본래의— 시노가 말하는 『황혼 모드』「빛의 궤적」에는 훨씬 미치지 못한다.

그 이전에 빛의 반짝임이 너무 부족했다.

본래 「빛의 궤적」은 시노의 설명에 따르면 모든 세상의 이치를 스피어째 가르는 불가사의한 기술이다. 스피어의 지각에서조차 벗어난 기술인 것이다.

전에 캠벨 스트리트의 전투에서 릭스가 안나 선생님의 『기도 마법』을 베어 버린 것도 그 정체 모를 특성 덕분이었다.

“하지만— 그 「빛의 궤적」은 뭔지 모르겠지만 위협적이긴

하군. 원리는 몰라도 마법까지 베어 버리니까. 무섭군, 무서워, 크크크……. 만에 하나라도 맞고 싶지 않아. 내 스피어 지각 강도를 한 단계 더 올려둘까.”

쿵.

릭스는 자신을 둘러싼 공간에서 어떤 힘이 더 강해지는 기운을 느꼈다.

마치 전신 360도를 누군가가 구석구석 들여다보는 느낌이었다.

“이러면 너의 움직임을 더 정밀하게 지각할 수 있지…….

이제 네 공격은 기적이 일어나지 않는 한 스치지도 않아.”

“그런 건…… 해 보지 않으면 모르지!”

릭스가 달렸다.

그리고 그것을 막듯 트랜이 릭스에게 접근했다.

『크아아아아아아아아아아아아아아아아아아아아아아아—!』

이번에는 「물기」였다.

트랜의 이빨이 무시무시한 속도로 릭스의 목을 노린다.

섬뜩하게 빛나는 트랜의 이빨.

등줄기로 오싹한 죽음의 예감을 느낀 릭스가 퍼뜩 몸을 오른쪽으로 돌렸다.

트랜의 입이 릭스의 왼쪽 어깨를 얕게 물어뜯었다.

선혈이 튄다.

“—큭?!”

태세를 재정비하려는 릭스에게 트랜의 발톱이 날아든다.

짐승이 아닌 인간의 몸으로는 절대로 불가능한 자세에서 공격이 날아와 대기를 찢고 릭스의 목을 날려 버리려고 한다.

“으아아아아아아아—!”

순전히 직감으로— 맞췄다.

내리친 「빛의 궤적」으로 가까스로 발톱을 쳐냈다.

이제 둘 다 자세가 완전히 무너졌다. 다음은 서로 태세를 정비할 턴이다.

한숨 돌릴 수 있다— 릭스가 그렇게 생각한 직후.

퍽!

트랜의 태풍처럼 종잡을 수 없는 뒤돌려차기가 릭스의 배에 정통으로 꽂혀 있었다.

‘어떻게……?! 거기서 발차기가 오는 거야……?!’

정말로 마지막 직감으로, 명중하는 순간 뒤로 뛰어서 위력을 조금 죽였지만…… 튼튼하게 단련된 릭스의 육체가 아니었다면 단 한 방에 내장 파열로 즉사했을 것이다.

그래도 피해는 막심하지만, 크게 떠밀린 것이 다행이었다.

가까스로 태세를 정비할 시간을 벌 수 있다.

‘젠장……! 트랜…… 강해……!’

바닥에 튕기며 두 번, 세 번 구른 뒤 후방으로 튀어 오르듯 일어섰다.

아니나 다를까 이미 트랜이 그런 릭스를 향해 맹렬하게 돌진하고 있었다.

릭스는 의식적으로 통각을 차단해 검을 들었다.

보통 인간이라면 격통에 나뒹굴고, 잠시 정상적인 사고나 행동을 할 수 없었겠지만, 릭스는 그걸 기계처럼 제어했다.

용병식 전투 지속법이었다.

‘용병 시절 대련할 때도 강했지만…… 이 정도로 무식하게 강하진 않았어……. 그래…… 너, 점점 사람에서 멀어지고 있구나……!’

트랜의 모습이 마치 뭔가에 침식된 것처럼 점점 기이하게 변모하고 있었다.

정말 원래 모습으로 돌아올 수 있을지 불안할 정도로 트랜은 변해 버렸다.

‘용…… 맞아, 지금 트랜은 인간보다 용에 가까워…….’

그렇게 생각하면 조금 전의 인간에게 불가능한 동작도 이해할 수 있었다.

확실히 그건…… 네발짐승의 움직임을 닮았다.

‘그렇다면 인간을 상대한다는 생각으로는 안 돼. 이미지가 어긋나.’

철컹, 철컹, 철컹.
릭스는 머릿속에 있는 전투 회로를 전환해 갔다.
눈앞의 적에게 최적의 전투 행동을 할 수 있도록 사고와
기술을 최적화한다.
'지금 트랜은— 용이다.'
그렇다면— 그렇게 인식한 상태로 전투 기술을 처음부터
다시 짜맞추면 그만이다.
릭스가 그렇게 트랜에 대한 인식을 갱신하던, 다음 순간.

『카악—!』

달려오는 트랜이 입으로 이글거리는 불줄기를 뿜었다.
용 언어 마법【작열염】.
보기만 해도 알 수 있는 그 막강한 화력.
순식간에 릭스 주변 일대가 아지랑이로 일렁거리고 바닥
의 석재가 녹아서 끓어올랐다.
제대로 당하면 인간은 뼈는커녕 재도 남지 않는다.
하지만—.
'그건— 아마 마법일 거야!'

그 찰나, 용솟음치는— 「빛의 궤적」.

이미 전투 회로를 전환한 덕분에 대응이 늦지 않았다.

릭스의 검이 정면에서 트랜의 불을 갈라 두 갈래로 나눴다.

릭스의 검에 베인 불이 안개처럼 흩어진다—.

"트랜—!"

그리고— 릭스가 트랜에게 칼을 들고 달려들었다.

『크롸아아아아아아아아아아아아아—!』

짐승처럼 포효한 트랜이 릭스에게 발톱을 휘둘렀다.

정면에서 충돌하는 검과 발톱.

"후—."

『크아—!』

그대로 둘은 몸을 돌려— 힘 싸움에 들어간다.

그러는 척하며.

『크륵?!』

릭스가 트랜이 휘두르는 발톱을 피해 트랜의 옆을 빠져
나갔다.

옆구리를 가볍게 베어 선혈이 튀어도 상관하지 않았다.

"으아아아아아아아아아아아아아아아—!"

"—웃?!"

릭스가 노리는 것은— 어디까지나 제럴드였다.

눈 깜짝할 사이에 거리를 좁히고 릭스가 제럴드에게 달

려든다.

하지만—.

"소용없다고 했을 텐데?!"

그런 릭스의 공격이 허무하게 빗나갔다.

제럴드는 뒤로 뛰어 다시 거리를 벌렸다.

"너는 내 스피어 영역 안에 있다고! 네가 아무리 뛰어난 기술로 나에게 달려들어도 전부 무의미해……!"

"칫—?!"

릭스는 포기하지 않고 계속 추적하려고 했으나, 뒤에서 달려드는 트랜의 기척을 느끼고 단념했다.

옆으로 몸을 날려 제럴드와 트랜 양쪽에게서 거리를 두고 트랜과 마주했다.

그럴 수밖에 없었다.

그리고 그 직후, 다시 트랜과 릭스의 처절한 격투전이 시작됐다.

역시 일방적으로 밀리는 릭스를 보고 제럴드는 생각에 잠겼다.

'흥…… 어디까지나 목적은 고룡종이 아니라 나인가. 합당하긴 하군.'

업신여기고 있지만, 제럴드의 마음에는 그다지 여유가 없었다.

왜냐하면—.

'정말로…… 뭐지? 저 빛나는 검은? 정체를 전혀 알 수 없어. 마력이 느껴지지 않으니까 마법이 아닌 건 확실한데…….'

그런데 【구속 마법】을 벤다. 【작열염】도 벤다. 말이 안 된다.

아마 저 검 앞에서는 어떤 방어 마법도 의미를 상실할 것이다.

맞으면 안 된다. 유일하게 확실하며 안전한 방법은 회피뿐이다.

하지만— 조금 전에도 피하기는 했지만, 보이는 것만큼 여유로운 회피는 아니었다.

그만큼 저 검은 빠르다. 릭스의 검 기량은 대단하다.

몇 번이고 덤벼들면 언젠가 이 목에 칼이 닿을지도 모른다.

'사고가 무섭군……. 스피어 지각 강도를 한 단계 더 높일 수밖에 없나…….'

정체 모를 릭스에 대한 경계도를 높이며 제럴드는 릭스와 트랜의 전투를 바라보았다.

—한편, 그 무렵.

'뭐 하는 거야, 릭스……! 시간이 없어, 알아……?! 어서…… 어서 끝내! 너의 【비장의 수】로……!'

_{라스트 카드}

시노가 릭스의 전투를 힐끗 보며 생각했다.

그 마음은 초조감으로 타들어갔다.

‘어서 끝내지 않으면…… 너는 인간으로 못 돌아온다고……! 그러니까―.’

바로 그때였다.

“야! 시노! 너한테 가!”

“―?!”

랜디의 말에 시노가 퍼뜩 정신을 차렸다.

어느샌가 키마이라가 시노의 코앞까지 날아들고 있었다.

지금 트랜 정도는 아니지만, 멍청하게 서 있는 인간 정도는 손쉽게 갈기갈기 찢을 수 있는 압도적 폭력이 시노를 덮친다.

“아차―.”

허둥지둥 단장을 들지만, 이미 늦었다.

키마이라의 이빨이 시노의 목을 물어뜯으려던, 바로 그때.

“하아아아아아아아아아아아아아아아압―!”

진홍색 작열염이 시노를 지키듯 회오리쳐 키마이라를 불태웠다.

세레피나의 불이었다.

견디지 못하고 공격을 중단해 뒤로 물러나는 키마이라.

그 옆얼굴에―.

"우오오오오오오오―!"

랜디가 힘껏 뛰어들어 오른손 주먹을 내질렀다.

키마이라의 옆얼굴에 꽂히는 랜디의 주먹.

그 주먹질에, 키마이라처럼 튼튼한 상대에게 통할 위력
은 거의 없었다.

하지만― 그 주먹에는 응축된 「바람」이 담겼다.

명중하는 순간, 그 응축한 「바람」이 폭발적으로 해방되어―.

펑!

키마이라를 크게 날려 버렸다.

기회라고 생각될 때 과감하게 공격을 꽂는 것은 제법 좋
은 전투 센스였다.

"시노! 릭스가 걱정되는 건 이해한다만! 우리가 상대하는
저 마물은 한눈 팔면서 이길 수 있는 상대가 아니야!"

"마왕 유물로 파워 업도 했고……!"

그러는 사이 다시 일어선 키마이라가 일당을 향해 맹렬
히 뛰어드는데―.

"……「춤춰라, 화염. 함께 춤춰라, 몽환의 아지랑이」."

한 발 앞으로 나온 세레피나가 레이피어를 흔들흔들 움직이며 주문을 외었다.

그러자 세레피나 주위에 도깨비불 같은 불이 몇 개 떠오르고…… 그 불이 공간을 아지랑이처럼 굴절시켰다.

그 직후, 불이 무수한 세레피나의 모습을 신기루처럼 만들어냈다.

"뭐, 뭐야……?!"

"【몽환양염】— 불의 일렁임으로 만드는 환술…… 이 시대에도 쓰는 사람이 있었어?!"

아무래도 상당히 고도의 기술인가 보다.

랜디는 물론이고 시노까지 살짝 놀라움을 감추지 못했다.

그러는 앞에서는 무수한 세레피나가 재빨리 달려가서 산개.

경계하는 키마이라를 빠르게 둘러싸고—.

그리고 일제히 키마이라에게 레이피어를 뻗어 달려들었다.

키마이라는 그중 몇 명을 발톱과 이빨로 지워 버리지만—

꽝.

"캬우?!"

앞발로 후린 환상의 세레피나는 불길로 돌아가 키마이라를 격렬하게 불태웠고—.

"하악!"

그리고 실체인 세레피나가 주춤한 키마이라를 옆에서 레이피어로 찢어발겼다—.

"……릭스 때문에 감각이 이상해졌지만, 공주님도 괴물 같단 말이지."

랜디가 그 모습을 바라보며 중얼거렸다.

"당연히 시노, 너도."

"……."

"릭스는 괜찮아. 저 녀석은 불안해 보여도 결국 해내니까."

"괜한 참견이야. 랜디 주제에."

그런 랜디의 격려와 배려에 시노는 지팡이를 들어 높은 천장의 한 점을 가리켰다.

"「이치의 천칭, 내 뜻으로 기울어라」!"

그 순간이었다.

"—음?!"

지금 막 세레피나를 따라잡아 발톱을 들이대려던 키마이라의 몸이 시노가 지팡이로 가리킨 천장을 향해서 **낙하했다**.

키마이라는 천장에 격돌해 고통에 신음했다.

"주, 【중력 조작】…… 중력 방향을 바꾼 거야……?"

"효율이 좋거든. 세레피나처럼 에너지 방출계 마법이라면 난 금방 고갈되니까."

시노는 머리를 쓸어 올리며 흥, 하고 콧방귀를 뀌었다.

"효율이라니…… 【중력 조작】이 얼마나 고등 기술이라고 생각하는 거야? 역시 너도 괴물이잖아."

"시끄러워. 빨리 저 키마이라를 정리하고 릭스에게 가세

하러 가자!"

그렇게 말하고 시노는 단장을 흔들거리면서 다음 마법을 준비했다.

"……다들 엄호할게……! 「그대에게 안식을, 눈꺼풀은 감겨라」!"

그리고 시노의 마법보다 앞서 애니가 대장(大杖)을 들고 주문을 외었다.

【수면】 마법이 키마이라에게 명중한다.

당연히 이것으로 키마이라 같은 마물이 혼수 상태에 빠지지는 않지만…… 그 한순간, 확실하게 키마이라의 움직임이 둔해졌다.

"잘했다, 지금이다!"

"우오오오오!"

"……!"

거기에 맞춰 세레피나, 랜디, 시노가 저마다의 공격으로 키마이라를 몰아쳤다―.

제11장 작렬하는 「비장의 수」

전투가 길어지는 사이, 제럴드는 차츰 짜증을 느꼈다.

'젠장…… 뭐 하는 거야……?! 이 쓸모없는 굼벵이들 같으니……!'

전황을 후방에서 바라보며 제럴드가 이를 갈았다.

허무하게 끝날 줄 알았던 트랜과 릭스의 싸움이 예상보다 길어졌다.

처음에 제럴드의 마력 강화를 받고 변모할 뻔한 트랜의 힘은 비견할 데 없는 폭력으로 릭스를 압도하고 있었다.

하지만 도중에 릭스가 상황에 맞춰 싸움법을 바꿨다.

그 순간, 전투 양상이 변했다.

지금도 트랜의 일방적 공세는 여전했고 릭스의 방어 일변도도 마찬가지였지만, 릭스가 트랜의 숨 쉴 틈 없는 공격에 제대로 대처하고 있었다.

더불어 트랜의 빈틈을 발견하면 제럴드에게 한 방 먹이려고 릭스가 광견처럼 쫓아온다.

그게 완전히 무시할 수 있는 빈도가 아니라서 문제였다.

그때마다 제럴드는 스피어 감지를 강화해 릭스의 공격을 회피하지만…… 귀찮기 그지없었다.

릭스가 「빛의 궤적」이라는, 맞으면 제럴드를 확실하게 죽일 수단을 가진 점도 몹시 짜증스러웠다.

더불어 릭스에게서 주의를 뗄 수 없었다. 항상 주시해야 한다.

'그걸로도 모자라……'

키마이라와 싸우는 다른 1학년들 또한 무시할 실력이 아니었다.

1학년 주제에 그 키마이라를— 그것도 마왕 유물 부스트까지 받은 키마이라를 상대로 이토록 잘 버티는 것도 범상치 않았다.

항상 최전선에서 키마이라와 싸우는 세레피나. 천재 황녀로 유명한 그녀는 천재라는 이름에 어울리는 압도적 마력과 스피어, 그리고 전투 센스를 갖춘 실력자였다.

솔직히 제럴드는 그녀를 얕보고 있었다고 인정할 수밖에 없었다.

시노라는 소녀의 마법 기량도 보통이 아니었다. 마력과 스피어는 세레피나와 비교도 되지 않을 만큼 초라하지만, 기량만큼은 학원 도사들조차 넘어섰다.

게다가 이상할 정도로 마법전에 익숙했다. 그야말로 산

전수전 다 겪은 투사 같았다.

'저 여자, 정체가 뭐야……?'

아울러 저 잡졸 두 명— 랜디와 애니도 중요한 순간마다 의외로 좋은 역할을 하는 점이 마음에 들지 않았다.

랜디는 기본적으로 세레피나와 시노의 뒤에 서 있을 뿐이지만, 전선 붕괴를 순간적인 재치로 막아내는 국면이 몇 번이나 있었다.

필요할 때는 바람 장벽을 둘러 키마이라의 시선을 끄는 등 최대한 세레피나와 시노가 싸우기 쉬운 환경을 만들어 냈다. 솔직히 성가시다. 약하지만 성가시다.

애니도 애니대로 키마이라를 한순간이나마 둔하게 만드는 【수면】 마법으로 엄호하는 데다가 동료들의 부상을 족족 【치유】로 고쳐 버렸다.

역시 성가시기 짝이 없었다.

'젠장…… 뭐야, 이 1학년들은……?'

빨리 짓밟아 버리고 싶었다.

소환수를 더 추가하고 싶지만, 고룡종을 지배해야 하는 탓에 허용량 초과다. 이 이상 소환수는 부를 수 없다.

그렇다면 제럴드가 직접 마법으로 간섭하고 싶지만, 그것도 마음대로 되지 않는다.

릭스 때문이었다.

릭스 때문에 스피어 강도를 쓸데없이 지각 능력 쪽으로

강화하고 있었다.

이쪽도 허용량 초과다. 이 상태에서는 더 이상 마법을 쓸 수 없다.

즉, 교착 상태. 속수무책이다—.

'아니, 속수무책은 아니야. 오히려 현재 상황을 유지하면 이길 수 있어…….'

그렇다.

곧 『위명』을 이용한 트랜과의 재계약이 끝난다.

그렇게 되면 승리는 따 놓은 당상이다.

제럴드는 트랜의 능력을 최대한으로 활용할 수 있고, 소환수도 몇 마리 더 추가할 수 있다.

그러면 이 싸움의 천칭은 순식간에 제럴드 쪽으로 기운다.

기울지만—.

"하아아아아아아아아아아아아아아아아압—!"

"……?!"

또다.

또 릭스가 트랜을 제치고 제럴드에게 달려들었다.

휘날리는 「빛의 궤적」.

당연히 강화한 스피어로 릭스의 움직임을 완벽하게 지각하므로 피할 수는 있지만…….

‘대체 이 녀석 때문에 몇 번이나 식은땀을 흘려야 하는 거야……?!’

다음 순간 끼어든 트랜에게서 도망치는 릭스를 바라보며 제럴드의 짜증과 초조함은 점점 더 커져 간다—.

그러던 그때.

‘……!’

제럴드는 깨달았다.

『위명』 지배가 진행되어 트랜의 정보를 더 깊은 곳까지 엿볼 수 있게 된 덕분에— 트랜에게 이 상황을 단번에 타개할 능력이 있음을.

‘이건…… 아하……. 홋…… 그렇지……. 고룡종이라면 당연히 가졌겠지…… **이 마법을**……!’

이 순간, 제럴드는 승리를 확신했다.

아무 문제도 없다.

트랜에게 이 마법을 쓰도록 하면 그 순간 싸움은 끝난다.

‘깨나 애먹었다, 1학년! 하지만 네놈들의 선방도 여기서 끝이다……!’

———.

‘릭스…… 아직이야……?!’

시노는 조바심과 함께 담담하게 트랜과 싸우는 릭스를

힐끔 봤다.

세레피나와 랜디, 애니의 싸움을 빈틈없이 보조하고는 있지만, 애간장이 타들어 갔다.

'슬슬 시간 됐어……! 너, 또 인간이길 포기할 셈이야……?! 더는 저번처럼 운 좋게 너를 되돌릴 수 있다는 보장도 없어……!'

하지만 그런 시노의 마음도 모르고 릭스는 「빛의 궤적」을 휘두르며 계속 싸우고 있었다.

릭스가 약하다기보다 트랜이 압도적으로 강한 탓이었다.

그건 안다. 알지만…….

'……철수. 슬슬 그것도 고려해야 해……!'

하지만 어떻게?

제럴드, 키마이라, 트랜.

이 세 강적에게서 벗어날 수단이 있긴 할까?

시노가 머리를 굴리기 시작한 그때였다.

'……?'

릭스와 싸우는 트랜이 갑자기 릭스에게서 멀리 떨어져 거리를 뒀다.

지금까지 트랜이 보이지 않던 행동이었다.

'대체 뭘 하려고……?'

수상하게 여기는 시노의 시야 한쪽에서 트랜이 크게 숨을 들이쉬었고―

그 직후.

뚝.

시노의 의식이 새하얗게 물들고, 끊겼다.

————.

한마디로 하면…… 그 공격은 「소리」였다.
그리고 그건 귀를 뚫고 영혼을 부수는 듯한 폭음이었다.
그 정체는 트랜의 외침.
그저 입을 크게 벌리고, 있는 힘껏 울부짖는다— 단지 그것뿐.
하지만 그게 어마어마하게 강대할 뿐이다.
용. 그 목구멍은 대궁, 외치는 말은 유성.
하늘이 흔들릴 듯한 그 포효는 인간의 혼과 정신을 직접 꿰뚫는 무시무시한 충격과 위력을 가졌다.
용의 포효. 인간보다 먹이사슬 위에 선 자의 위협은 그것만으로 인간의 마음에 순수하고 원초적인 공포를 일으키며, 모든 사고회로를 단절시키는 일종의 마법이다.
용의 포효는 인간을 공포의 사슬로 옭아매 몸을 마비시키고, 혼란과 공황이 일시적으로 시력, 청력, 촉각…… 모든 오감을 앗아간다.

그것이 바로— 용 언어 마법 【때려눕히는 외침】.

가장 단순하면서도 용종을 최강의 존재로 자리매김하게 한 최강의 마법이다.

————.

"비참하네."

제럴드가 그곳을 둘러보며 말했다.

"용의 【때려눕히는 외침】은 전달한 상대를 지정할 수 있지. 그리고 이걸 들은 자는 당분간 스피어가 파괴되고, 사고할 수 없게 되며 완전히 행동 불능 상태에 빠진다…… 너희처럼 말이야."

""""""……"""""

제럴드가 보는 곳에는 멀뚱멀뚱 서 있는 시노, 세레피나, 랜디, 애니, 릭스가 있었다.

적이 눈앞에 있는데 무반응으로 미동도 하지 않으며 시선은 허공을 헤맸다.

"……너희도 잘 버텼지만, 끝이야."

그렇게 깔보듯 말한 제럴드가 부하 소환수들에게 지시했다.

"쳐라. 한 명도 남기지 말고 죽여라."

그 지시를 받고, 아무런 저항도 할 수 없게 된 릭스 일동에게로 트랜과 키마이라가 달려들었다.

이미 승패는 결정됐다.

릭스와 친구들의 운명은 여기까지— 그렇게 보이던 그때였다.

"이때를 기다렸어."

휘날리는 것은—「빛의 궤적」.

유성 같은 궤적을 그리는, 두 줄기의 빛.

이 공간을 빠르고 날카롭게 흘러— 순식간에 키마이라를 좌우로 양단하고, 트랜을 때려눕혀 날려 버렸다.

그 궤적을 그린 자는 당연히— 릭스였다.

"트랜의 표적이 나에게서 다른 사람으로 옮겨가는 이 순간을, 기다렸어."

"말도 안 돼?! 어떻게?!"

이 전개에 제럴드는 눈알이 튀어나올 만큼 놀랐다.

"【때려눕히는 외침】을 들은 자는 예외 없이 심신을 상실해! 그런데 왜—?!"

마치 들리지 않는 것처럼, 릭스가 제럴드에게 돌진했다.

‘아니, **들리지 않아……?**’

제럴드는 정신이 번쩍 들었다.

극단적으로 강화한 스피어 지각 능력으로 릭스의 상태를 살폈다.

지금까지 릭스의 움직임만 주시하느라 릭스 본인의 세세한 변화를 놓치고 있었다.

릭스의 전신은 원래 만신창이였지만, 어느샌가 아주 조금, 피해가 늘어나 있었다.

그것은— 고막.

‘……?!’

맹렬히 다가오는 릭스의 두 귀를 보자 그곳에서 피가 흐르고 있었다.

‘저 1학년…… 뭐야……! 고막을 찢었어……?! 【때려눕히는 외침】을 그런 식으로 막는 녀석이 있다고……?! 바보냐……?!’

애초에 어떻게 릭스는 이 【때려눕히는 외침】이 올 줄 알았던 것일까?

그래도 막힌 것은 현실이었다. 대처해야만 한다.

‘문제없어! 이 정도로 지각 능력을 높인 스피어 영역 안이야! 저 1학년의 공격은 뻔히 보인다! 피할 수 있다!’

첫 공격을 피하고, 키마이라가 차지하던 허용량으로 공격 마법을 써서 반격하면 끝.

제럴드는 동요를 순식간에 잠재우고, 여전히 승리를 확

신하며 씩 웃었다.

하지만—.

"간다. 이게— 내 「비장의 수」다."

제럴드를 향해 맹속력으로 다가오는 릭스가, 검을 던졌다.

—**위로**.

"엉?"

도무지 의미를 알 수 없는 릭스의 행동에 제럴드가 한순간 굳었다.

그런 제럴드 앞에서 릭스가 뭔가를 로브에서 꺼냈다.

뭔가 삐뚤빼뚤한 둥근 공이었다.

그것을 함께 꺼낸 마도구『플레이터』로 점화했다.

다음 순간.

둥근 공이 번쩍 작렬해, 대폭발을 일으켰다.

빨강, 파랑, 노랑…… 색색이 불꽃이 주변 일대 사방팔방으로, 마구잡이로 날아다녔다.

릭스가 손안에서 폭발시킨 그것은, 마법 폭죽이었다.

'어어어어어어어어어엉……?'

폭발을 【방패】로 막은 제럴드는 이미 머릿속이 혼란으로 꽉 찼다.

릭스의 이 행동에 대체 무슨 의미가 있는가.

오히려 폭발의 중심에 있던 릭스의 피해가 막심했다.

폭풍처럼 휘날리는 다양한 색상의 마법 불꽃에 온몸이 화상을 입었다.

하지만— 제럴드는 금방 깨달았다.

그렇다, 지금, 이 순간.

자기 스피어 영역 안의 지각 능력이 어떻게 됐는지.

'저, 정보량이…… 너무 많아……?!'

릭스가 터뜨린 마법 폭죽은 다양한 파장의 마법 불꽃을 동시에 발생시킨다.

불꽃 하나하나가 별개의 마법이라고 말해도 과언이 아니다.

즉, 스피어로 보면 지금 이곳은 정보의 홍수 상태다.

심지어 릭스의 움직임에 대응하려고 스피어 지각을 극단적으로 높인 탓에 그 정보의 홍수가 박차를 가했다.

지금 제럴드가 가장 주시해야 할 릭스라는 존재가 정보의 홍수 속에 묻히고 덧씌워질 지경이었다.

스피어 지각이 없으면 전사로는 초짜인 제럴드가 초인적 신체 능력과 움직임을 자랑하는 릭스를 눈으로 좇을 수 있을 리 만무했다.

그것을 증명하는 것처럼—.

"……?!"

제럴드의 앞에서 릭스가 사라졌다.

눈 깜짝할 사이에 놓친 것이다.

"어, 어디 있어?! 그 녀석, 어디로 갔어?!"

제럴드는 당황하며 스피어 지각으로 릭스를 찾길 그만두고 육안으로 적을 찾지만— 때는 이미 늦었다.

"……여기야."

릭스는 제럴드의 등 뒤에 있었다.

천장을 향해 오른손을 들고서.

"—?!"

제럴드가 뒤에 있는 릭스를 돌아보는 것과 빙글빙글 회전하며 떨어진 검이 위를 조금도 보지 않는 릭스의 오른손에 안착한 것은— 동시였다.

"아."

"선배. 많은 지도, 편달— 더럽게 고마웠습니다아아아아아아아아아아아아아아아아아아아아아아아아아아아아아아아아아아아—!"

그대로 릭스가 제럴드의 안면을 검 옆면으로 때렸다.

클린 히트. 애초에 스피어 지각이 없으면 제럴드가 릭스의 검을 피할 수 있을 리 없었다.

"흐아아아아아아아아아아아아아아아아아아아아아앙—?!"

　제럴드는 한심한 비명을 지르며 날아갔고, 일격에 완전히 의식을 잃었다.

　쩍!

　그 충격으로 마왕 유물도 깨져서 안개처럼 사라졌다.
　이렇게 치안 유지 집행부와의 싸움은 폭죽 한 발과 함께 막을 내렸다ー.

제12장 진명

"릭스, 혹시 너 바보야? 바보지?"

전부 끝났다.

정신을 차리고 릭스에게 사정을 듣자마자 시노가 처음 한 소리가 그거였다.

일동이 【때려눕히는 외침】으로 심신을 상실한 그 공백의 시간 동안 릭스가 뭘 했는지 안 친구들은 무슨 희한한 생물이라도 보는 눈으로 릭스를 보고 있었다.

"뭐, 뭐야, 시노……. 이겼으니까 됐잖아……. 뭐가 불만이길래?"

릭스가 삐진 것처럼 입술을 삐죽 내밀었다.

고막과 몸의 상처는 애니의 【치유】 마법으로 이미 싹 나았다.

"우선 고막을 찢는 게 바보고, 폭죽 자폭 돌격은 바보 그 자체야."

"너무해……."

"보통 인간이면 그런 이야기를 들어도 「하하하, 허풍쟁이 녀석」으로 끝날 텐데, 릭스라면…… 정말로 했겠지……."

"어이없다 못해 존경스럽다."

세레피나도 랜디도 한숨 반 당황스러움 반인 표정이었다.

"릭스…… 더는 무리하지 마……."

다만, 애니만은 정말로 걱정해 줘서 릭스는 마음이 아팠다.

그런 그때, 시노가 물었다.

"그런데 너, 어떻게 트랜의 【때려눕히는 외침】을 예측했어?"

"응? 아, 그 엄청 큰 크아앙, 【때려눕히는 외침】라고 해? 그건 말이지…… 어…… 음……?"

잠시 릭스가 팔짱을 끼고 생각에 빠졌다.

뇌리에 드문드문 떠오르는 것은—.

어느 검사와 어느 용이 처절한 사투를 벌이는…… 그런 광경.

하지만— 그것은 얼마 가지 않아 머릿속에서 흩어졌다.

곧 릭스는 이렇게 답했다.

"……그냥 느낌?"

"됐어, 너한테 물은 내가 바보지."

여전히 릭스는 릭스라고 생각해 시노는 또 깊은 한숨만 쉬었다.

"그런데…… 트랜은 이제 괜찮아?"

"괜찮아. 제럴드의 『위명』도, 너를 향한 일방통행 계약도

파기했어.”

릭스가 옆에 누워 있는 트랜을 내려다봤다.

용화가 진행된 안쓰러운 모습이었다.

“……이거…… 원래대로 돌아가……?”

“일단 마법으로 되돌릴 수는 있어. 하지만 너무 고도의 기술이라서 지금의 내 빈약한 스피어로는 방법이 없어. 학원 도사의 힘을 빌리는 수밖에.”

“……루시아 선생님인가.”

릭스는 엄청난 미인에 성격도 착한, 학원의 여신 선생님을 떠올렸다.

“애초에 멋대로 파기해도 괜찮을까? 또 그 무서운 트랜이 나오는 거 아니야?”

“그것도 괜찮아. 깊이 조사하니까 너를 향한 일방통행 계약에 남아 있던 잔류 사념 같은 거였어. 지우는 건 불쌍할지 몰라도 결국 그게 트랜을 위해서야.”

시노가 어깨를 으쓱했다.

“결국 왜 트랜이 너에게 일방통행 계약을 맺었는지…… 진상은 어둠 속에 묻혔지만.”

“아무튼 많은 일이 있었지만, 일단 해결됐군.”

“그러게…….”

“그래, 돌아가자……. 나, 너무 피곤해…….”

“……그렇지.”

그렇게 의견이 모여 릭스가 트랜을 들어 올리려던— 그때였다.

두근…….

주변에 불길한 고동이 울려 퍼진…… 기분이 들었다.
“……응?”
“뭐야?”
그 이상한 느낌에 시노와 릭스가 의아해하는데…….
『우…….』
갑자기 트랜이.

『크아아아, 아아아아아아아아아아아아아—!』

갑자기 트랜이 짐승의 포효 같은 대절규를 내지르며 격렬하게 괴로워하기 시작했다.
그리고 더 나아가—.
“야, 야! 봐! 트랜의 몸이……?!”
“……?!”
자세히 보니— 지금까지 안정적이던 트랜의 몸에 이변이

일어나고 있었다.

트랜의 몸에 차례차례 새로운 비늘이 생기며 온몸을 덮어 나갔다.

우득우득 소리를 내며 몸 구조도 변해 간다. 그 몸이 크게 부풀기 시작했다—.

"—선조 회귀?!"

시노가 릭스를 밀치고 트랜의 몸에 지팡이 끝을 대며 무슨 주문을 외었다.

하지만—.

"안 돼, 안 멈춰……!"

"어, 어떻게 된 거야, 시노!"

"늦었어! 트랜은 『위명』과 마왕 유물로 자기 그릇보다 큰 마력을 계속 공급받았어! 그에 대한 본능적 방어 반응으로 트랜이 회귀하던 중이었고! 제럴드를 해치우고 마력 공급원이 멈춰서 안심했는데…… 이미 트랜의 몸은 한계에 달했던 거야……! 이렇게 되면 막을 수 없어. 끝까지 돌아갈 거야……!"

"끝까지, 라니…… 어디까지……?"

"뻔하잖아?! 용이야! 만물의 정점에 선 폭군, 용 그 자체가 될 때까지야!"

시노의 말에 일동은 충격을 받았다.

"그, 그래도…… 돌아가도 트랜은 트랜이지?! 그럼—."

"꿈 깨! 선조 회귀라고 했지?! 용은 오랜 세월을 살면서 이성을 얻어! 그 이성을 얻기 전으로, 짐승이나 다를 바 없는 마물이 될 때까지 돌아가는 거야! 거기에는 더 이상, 트랜이라는 인격은 존재하지 않아……!"

"뭐……?"

"위험해…… 트랜 정도의 강대한 용이 이런 조그만『비밀방』에서 얌전히 기다려 줄 리 없어! 반드시 부수고 바깥 세계로 나와! 그렇게 되면 학원은…… 아니, 이 나라는 불바다가 돼."

트랜은 용의 본능에 따라 그 압도적 힘으로 주변의 모든 것을 파괴하고 먹어 치울 것이다.

아니, 그 전에 학원이 자랑하는 대도사들에게 처분당할지도 모르지만— 어느 쪽이 됐건 최악의 결말이다.

"시노! 어떡하면 돼?! 어떻게 하면……."

릭스가 새파랗게 질려서 고개 숙인 시노를 득달하지만.

"……늦었어. 그렇게 되기 전에, 죽일 수밖에 없어."

"—?!"

시노가 쥐어짜 낸 목소리에 릭스는 넋이 나간 것처럼 트랜을 내려다봤다.

이러고 있는 사이에도 트랜의 선조 회귀는 점점 진행되

어 간다—.

"……물러나 있어, 릭스. 너한테는 너무 잔인한 일이겠
지. ……내가 할게."

시노가 이를 악물고 단장을 트랜에게 향했다.

그런 시노를 랜디와 세레피나, 애니가 뜯어말렸다.

"자, 잠깐만 기다려라, 시노! 너무 조급하다!"

"그래, 시노! 일단 진정해!"

"너, 너희……?! 상황 파악이 안 돼?!"

"하고 있어! 하고 있지만! 이건 너무하잖아……!"

"시끄러워! 나라고 죽이고 싶어서 이러는 줄 알아?!"

릭스의 뒤에서 친구들이 언성을 높이며 다퉜다.

그걸 남의 일처럼 흘려들으며 릭스는 지금도 선조 회귀를
일으키며 괴로워하는 트랜을 멍하니 내려다보고 있었다.

"……미안…… 트랜…… 나 때문에…….."

내가 말도 없이 용병단을 빠져나오지 않았다면.

적어도 트랜이 이런 꼴을 당하진 않았을 텐데.

"하다못해…… 너는 내가 보내 줄게."

릭스가 검을 뽑았다.

왼손 약지를 힐끔 봤다. 당연히 시노의 부적은 이미 불타
끊어졌다.

"걱정 마…… 나도 금방 따라갈 거야."

그렇게 말하고, 릭스가 트랜을 향해 검을 두 손으로 치켜

들었다.

그 칼끝에 「빛」이 보이기 시작했다.

제럴드와 싸울 때와는 비교가 되지 않을 만큼 눈부신 황혼의 「빛」이.

"리, 릭스?! 너, 뭘 하려고—?!"

"잠까— 너, 그만—!"

다투던 친구들이 겨우 릭스가 하려는 행동을 알아채고 달려오지만, 이미 늦었다.

이제는 검을 내리치기만 하면— 끝난다.

"동생이 저지른 실수라면 책임을 져야지. ……나는— 네 형님이니까."

"릭스! 그만둬—!"

친구들의 제지도 듣지 않고.

릭스가 괴로워하는 트랜에게 검을 내리치려던— 바로 그 때였다.

그것은 무슨 원리일까.

릭스의 인격이 『에고』 바닥에 깊이 가라앉는다— 그것이 트리거였을까.

혹은 지금 이 상황이 트리거였을까.

하지만 릭스는— 확실히 엿보았다.

언젠가, 어디엔가 확실히 있었던 그 광경을…….

—————.

그날은 차가운 비가 폭음을 내며 쏟아지고 있었다.

무거운 비구름이 하늘을 메우고, 가끔 번개가 이 무한한 황야에 찬 어둠을 한순간이나마 걷어낸다.

“……”

검사 청년이 허무한 표정으로 아래를 내려다봤다.

그곳에는— 거대한 용 한 마리가 마치 내동댕이쳐진 것처럼 쓰러져 있었다.

용은 죽어 갔다. 더는 희망이 없다. 어떤 마법으로도 그 생명을 이어 줄 수 없다.

날개가 찢어지고, 꼬리는 뒤틀리고, 뿔과 이빨과 발톱은 꺾였다. 팔다리는 뭉개지거나 꺾여 있었다.

그 온몸에는 불탄 자국이나 무서울 만큼 깊은 열상이 무수히 남는 등 필요 이상으로 집요하게 파괴되었다. 시시각각 생명의 피가 빠져나가 비에 씻겨 내려간다…….

검사 청년은 그런 몰골로 변해 버린 친구를 떨면서 바라봤다.

『거, 거기 있는 건…… 검사님인가……?』

청년의 기운을 느꼈는지, 용이 미동도 하지 않고 그렇게 중얼거렸다.

『마지막으로…… 검사님을 만난 건…… 요행이군…….』

"트랜……."

청년이 주먹을 굳게 쥐며 물었다.

"왜…… 왜, 멋대로 움직였어……? 왜 혼자서《땅거미의 마왕》에게 덤볐어……?! 왜 나를 안 기다렸어……?! 왜……?!"

『무얼…… 시답잖은 감상과 참견이지…….』

용이 쥐어짠 듯 가느다란 목소리로, 답했다.

『검사님에게…… 소중한 친구를, 그 손으로 죽이는…… 잔인한 짓을 시키고 싶지 않았을 뿐……이야…….』

"——?!"

억수처럼 퍼붓는 비 때문에 알 수 없었지만, 아마 이때— 청년은 울고 있었으리라.

『그게…… 검사님이 맞설 상대……인가……. 훗…… 조금은 의미가 있는 싸움을 할 수 있겠다고…… 그렇게 생각했는데…… 이 꼴이군. 웃어도 좋다…… 결국 나는…… 아무것도 하지 못했다……. 아무것도 이루지 못했다…….』

"……."

『허나, 후, 후후…… 그래도 나쁘지 않은 인생…… 아니지, 용생이었다……. 검사님과 함께 걸은 여행길은…… 쓸데없이 긴 세월을 산 나에게, 가장 빛나는 시간처럼…… 느껴졌다…….』

"……"

『그래도…… 쓸쓸하군……. 이제 검사님과…… 작별한다고…… 생각하면……. 그건…… 무척…… 쓸쓸하고…… 슬퍼……. 나에게…… 이런 감정이 있었을…… 줄은……. 아아…… 검사님과…… 떨어지고 싶지 않다……. 헤어지고 싶지…… 않아…….』

장대 같은 비 때문에 알 수 없었지만, 아마 이때, 용도 울고 있었으리라―.

『아아…… 다시 태어나고 싶군……. 가능하면…… 이번에는, 용이 아니라 인간으로…… 검사님의 남매라도 된다면…… 쭉…… 이번에야말로, 쭉…… 함께…….』

"……"

『……끝을 내다오, 검사님. 솔직히…… 너무 괴롭구나. 그렇다면 차라리 마지막은― 검사님 손으로…….』

용의 간청에, 청년은 조용히 검을 뽑았고― 두 손으로 치켜들었다.

그 칼끝에서 「빛」을 보았다. 눈부신 여명의 「빛」을.

그리고― 마지막으로.

용― 트랜이 말했다.

『검사님…… 마지막으로…… 귀공이 받아 줬으면 하는 게 있다…….』

“……?”

『나의 진실한 이름…… 나의 모든 것이다. 죽어서도, 나의 영혼은 검사님과 함께 있다는, 맹세의 증거다……. 청컨대 받아 주지 않겠나……?』

검을 머리 위로 든 채로 청년은 말없이 고개를 끄덕였다.

『고맙다…….』

그렇게 말하고는, 용은 마지막 힘을 쥐어짜— 머리를 들고, 똑바로 청년을 바라봤다.

그리고 당당하게 말했다.

『명심해라, 친애하는 영원한 벗이여. 나의【진명】은—.』

—————.

“■■■■ · ■■■ · ■■■■■■.”

그것은 반사적인 행동이었다.

백일몽 속에서 용이 전한 어떤 이름을— 인간의 언어와는 동떨어진 소리로 엮인 이름을, 검을 내리치는 순간 릭스가 척수 반사처럼 복창했다.

그 순간이었다—.

번쩍!

선조 회귀를 일으키는 트랜의 몸이 강렬한 흰 빛을 뿜었다.
눈부신 빛이 주변 일대를 하얗게, 하얗게, 새하얗게 물들
인다…….
"이, 이번에도 또 뭐야?!"
"뭐……? 설마 이건—?!"
당황하는 친구들의 시야도 새하얗게 물들었다.

그리고…….

종장 새로운 일상

"이거 참, 하하하하하하하하하하하! 너는 매번 나를 놀라게 하는군, 릭스 군!"

학원장실에 제이크 학원장의 호쾌한 목소리가 울려 퍼졌다.

"설마 트랜 양을— 고룡종의 【진명】을 파악해 정식 소환수로 삼다니……! 이런 결말을 대체 누가 예상했겠나?!"

"정말로 그래. 귀찮지만, 지금 마법 학회에서는 수백 년 만에 고룡종의 【진명】을 장악한 젊은 천재 소환술사가 탄생했다며 전례 없는 대소란이 벌어졌어."

"흥. 제대로 된 마법도 스피어도 전혀 다루지 못하는 너 같은 굼벵이가 대체 무슨 수로 고룡종의 【진명】을 알아냈는지 원……. 뭐, 굳이 묻진 않겠다. 마술사에게는 결과가 전부다. 그리고 네놈은 결과는 냈다. 그뿐이지."

크로포드와 다르윈도 저마다의 말로 놀라움을 드러냈다.

"하지만 이번 사건은 이만저만 힘들지 않았겠군, 릭스 군. 치안 유지 집행부 사건은 우리도 학생회 집행부를 통해 엄중하게 처리하겠네! 다행히 너희 덕분에 판명되지 않았던 새로운『비밀방』도 밝혀졌지! 이건 또 다른 공로야!”

“아, 네…… 그런가요…….”

그다지 관심이 없어 보이는 릭스에게 제이크가 계속 말을 이었다.

“그나저나 아쉬운 건 제럴드 군이야. 《기도파》와 비밀리에 연관된 건 확실하니까 뭐라도 꼬리가 잡힐 줄 알았는데…… 늘 그렇듯 마왕 유물을 어디서 구했는지 전혀 기억하지 못하더군! 그때 누군가와 접촉한 건 틀림없는데, 마법으로 아무리 기억을 뒤져도 그 인물은 판별되지 않았어!”

“……아니꼽지만, 놈들의 은폐 공작은 항상 완벽해. 이 정도로 꼬리가 잡힐 녀석들이면 우리도 고생하지 않았겠지.”

다르윈이 불편한 기색으로 콧방귀를 뀌었다.

하지만 솔직히 그런 건 릭스에게 아무래도 상관없었다.

“그런데 선생님. 이제 트랜과 반쪽짜리 계약을 맺었다는 이유로 퇴학한다는 이야기는 해결된 거죠?”

“물론!”

“그리고…… 저 고룡종을 소환수로 삼았죠? 이건…… 혹시 제법 위대한 업적 아닌가요? 학원이 평가할 만하죠?”

“당연하지! 가슴을 펴도 된다, 소년!”

그건 다시 말해―.

“좋았어어어어어어어어어어어! 모든 퇴학 조건을 클리어했다아아아아아아아아아아아아아아아아아아아아아아아―!”

릭스는 환희하며 외쳤다.

"다행이다, 다행이야! 이제 걱정 없이 학원에 쭉 머물 수 있어! 좋아, 앞으로도 마술사를 목표로 열심히 달리자! 그리고 장래에 싸움과 연이 없는 직장을 구하고, 참한 색시도 얻고, 손주들에게 둘러싸인 침대 위에서 죽자아아아!"

그렇게 혼자 들떠 있던 그때.

"음?! 미리 말해 두는데, 릭스 군의 성적 부진으로 인한 연말 퇴학 조건은 아직 진행 중이다! 계속해서 다른 성과를 내는 것을 추천하마!"

"네에에에에에?! 왜요?! 저, 고룡종을 소환수로 삼았다니까요?!"

"멍청한 녀석. 그 성과는 귀중한 피닉스 알을 파괴한 죄를 상쇄하는 용도다."

"아."

넋이 나간 릭스의 어깨를 크로포드가 격려하듯 두드렸다.

"트랜 양이 정식으로 너의 소환수가 됐으니까……. 즉, 트랜 양이 저지른 짓은 전부 정식으로 네 책임이야……."

"흥. 네놈의 고룡종이 저지른 잘못을 전부 청산해 준 것만으로 고맙게 생각해라."

"아……으, 어……."

"그리 비관할 필요도 없다, 릭스 소년! 너는 강대한 힘을 가진 고룡종을 소환수로 삼았다! 설령 앞으로 네가 아무 성과도 내지 못하고 퇴학당하더라도 너를 데리고 가고 싶어 하는 곳은 넘쳐날 테지!"

"뭐, 그건 그러네요. 예를 들어 용병, 직업 군인, 모험가, 마물 헌터, 현상금 사냥꾼, 마법 사냥…… 전투 전문직이라면 어디서나 군침을 흘릴 거야……."

"안 돼애애애애애애애애애애애애애애애애애애애애애애애—!"

학원장실에 릭스의 비통한 외침이 울려 퍼졌다.
왠지 강한 기시감이 느껴졌다.

─────.

"일단 당장의 퇴학은 면했으니까 잘됐네."
학원장실에서 돌아오는 길, 털레털레 걷는 릭스와 합류한 랜디가 릭스의 어깨를 두드리며 격려했다.
"전투직은 싫어…… 전투직은 싫어…… 전투직은 싫어…… 전투직은 싫어…… 전투직은 싫어…… 전투직은 싫어…… 전투직은 싫어…… 전투직은 싫어…… 전투직은 싫어…… 전투직은 싫어…… 전투직은 싫어…… 전투직은 싫어…… 전투직은 싫어……."
"이것도 강한 기시감이 느껴지는데."

중얼중얼 똑같은 말을 되풀이하는 릭스를 보며 랜디가
어깨를 으쓱였다.

"기운 내, 릭스. 당장은 살아남았잖아? 아직 1학년이야.
포기하기에는 이르지 않아?"

마찬가지로 릭스와 합류한 시노가 질타하듯 말했다.

"그나저나 릭스에게는 정말로 놀랐어……. 진짜 고룡종을
소환수로 삼다니……. 난 앞으로 릭스가 무슨 짓을 저질러
도 안 놀랄 거야. 뭐든「릭스니까」로 끝날 거 같아."

"……누가 아니래."

그렇게 말하면서도 시노의 속마음은 평온하지 못했다.

'트랜의 【진명】을 알고 있었다니…… 릭스, 너는 정말로
정체가 뭐야?'

그렇지만 시노에게는 릭스의 정체로 짐작 가는 후보가
하나 있었다.

'……《여명의 검사》…….'

그건 전생의 시노―《땅거미의 마왕》셰놀라를 죽인, 마
술사도 아닌 평범한 검사 남자였다.

릭스가 그 남자의 환생이라면― 릭스가「빛의 궤적」을 쓰
는 이유도 설명할 수 있고 어떤 고룡종의 【진명】을 안다고
해도 이상하지 않다.

하지만 여기까지 생각하면 늘 시노의 생각은 막다른 골
목에 봉착한다.

왜냐하면—.

'릭스가 나를 죽인 《여명의 검사》 본인일 가능성은— **절대로 없어**. 환생 가능성도 포함해서 그는 틀림없이 생판 남이야.'

그것만은 절대적인 사실이었다.

스피어에는 지문처럼 개인 특유의 파장이 존재한다.

만약 릭스가 《여명의 검사》의 환생이라면— 스피어 파장은 일치할 것이다.

그래도 릭스의 파장과 《여명의 검사》의 파장은 닮은 구석이 없었다.

릭스의 스피어는 마치 인공물처럼 이질적이다. 새삼스럽게 진짜 인간인지 의심스러울 만큼.

그런데 트랜은 릭스에게 일방적으로 계약을 맺고 있었다. ……이것도 수수께끼였다.

릭스에게 이야기를 들으면 《여명의 검사》 같은 기억이 어렴풋이 남아 있는 모양이었다. ……본인은 전혀 신경 쓰지 않지만.

'신경 좀 써, 제발…….'

시노는 두통이 엄습했다.

애초에 릭스가 사용하는 「빛의 궤적」과 관련된 그 비인도적 시스템은 대체 뭘까?

《여명의 검사》가 쓴 「빛의 궤적」에도 그런 시스템이 있다는 건, 실제로 전생에서 싸운 시노가 볼 때 있을 수 없는 이야기다.

'릭스…… 네 존재는 뭔가 이상해……. 너는 어디서 온 거야……?'

하지만 지금 생각해도 답이 나오지 않는 문제였다.

지금은 머리 한쪽에 넣어만 두자고 생각하던 그때.

"형니이이이이임~!"

복도 끝에서 누군가가 무시무시한 속도로 날아왔다.

트랜이었다.

릭스가 【진명】을 장악한 동시에 선조 회귀를 그만두라고 명령해 트랜의 몸은 완전히 원래 상태로 복구되었다.

이제 그 다 떨어진 옷은 버리고 다른 학생들처럼 교복과 흰 로브를 입었다.

역시 후드를 좋아하는지, 후드를 깊이 눌러쓰는 버릇은 여전했다.

그런 트랜이 릭스를 향해서 일직선으로 달려왔고—.

"안녕, 트래—구웨에에에에에에에에에에엑?!"

명치에 트랜의 머리가 정통으로 꽂히며 릭스는 그대로 튕겨 날아갔다.

"형님! 형님! 오늘은 어디에 가죠?!"

“저, 저 세상……쿨럭?!”

“그렇슴까! 트랜, 기대됨다!”

“비꼬는 거니까 눈치채 줘…….”

흰자위를 드러낸 채 거품을 문 릭스를 트랜이 요란스럽게 흔들어 댔다.

“야야, 트랜. 릭스 죽겠다.”

“정말 기운이 넘치네.”

그런 트랜을 이어 세레피나와 애니가 쓴웃음을 지으며 찾아왔다.

“그래서? 이제 어디로 가지? 바로 동아리 순회를 하러 갈 거 아닌가?”

“그, 그래…… 그럴 계획이야. 그…… 다들 미안, 내가 동아리를 못 정하는 바람에.”

“아니야. 이러니저러니 해도 우리도 재미있어.”

“그래, 이참에 나도 동아리에 들어 보고 싶어지더군.”

“나도 어디에 들어가 볼까…….”

“일단은 돌아보자. 한 번씩 보고 천천히 생각하면 돼. 더 이상 골칫거리는 사양이지만.”

“……그치…….”

그런 말을 주고받으며 다섯 명+한 마리가 학원 복도를 걸어갔다.

그 도중에 릭스가 트랜에게 귀띔했다.

"그…… 트랜, 괜찮아?"

"뭐가요?"

"아니…… 너를 싸움에서 떨어뜨리고 이 학원에 묶어 둬서……."

그러자 트랜이 활짝 웃었다.

"형님도 참, 이제 와서 무슨 말이심까? 형님이 트랜을 위해서 목숨 걸고 싸워 준 거…… 어렴풋하게나마 기억한다고 말했잖슴까!"

릭스는 문득 제럴드와의 전투를 떠올렸다.

"그런 형님을 보고…… 트랜, 알았슴다! 형님에게 트랜은 필요 없는 아이가 아니라고…… 기뻤슴다……."

"그래, 맞아. 드디어 알아주네……."

"게다가."

트랜이 릭스를 놀리듯 이히히, 하고 웃었다.

"트랜은 형님 소환수죠? 그러니까 이제 트랜은 형님한테 아무것도 거스르지 못하잖슴까!"

"아니, 뭐…… 그건 그런데."

"이렇게 가녀린 여자애를 노예처럼 속박하다니…… 형님은 변태, 로리콘, 페도 자식!"

"트, 트랜 양? 그런 말은 어디서 배우셨나요?"

"시노가 말했슴다!"

"시노……."

"아무튼 그건 넘어가고, 패자는 승자에게 따른다! 이것도 용병의 규칙임다! 솔직히 트랜은 싸움 말고 아무것도 모르지만, 승자인 형님이 다른 길을 찾으라고 한다면 찾아보겠슴다!"

"그, 그래……?"

"그리고…… 응, 잘 생각해 보면…… 트랜이 형님을 쫓아온 이유…… 더 단순했슴다!"

"……?"

그러더니 트랜은 어리광 부리는 강아지처럼 릭스의 팔을 붙잡고 대롱대롱 매달렸다.

그리고 태양처럼 웃으며 이렇게 말했다.

"트랜은…… 그냥 좋아하는 형님이랑, 쭉 같이 있고 싶었을 뿐임다!"

부끄러운 기색도 없이, 아무런 꾸밈도 없이 그런 말을 하면 릭스는 아무래도 부끄러움을 감추기 어려웠다.

'나 참. 이 녀석이 이렇게 귀여웠나……'

싫지는 않아서 그러냐고만 대답하고 릭스가 머리를 긁적이는데…….

"떨 어 져."

시노가 릭스의 팔에 매달린 트랜의 머리를 한 손으로 움켜잡고 아득바득 떼어놓으려고 했다.

시노의 눈이 평소보다 차가웠다.

"메~롱! 싫네요~! 트랜은 시노가 하는 말만큼은 안 들을 검다!"

"뭐……?"

"왠지 트랜은 시노가 싫슴다! 잘은 모르겠지만, 그냥 거부감 듬다! 본능적으로 안 받아 줌다! 불구대천의 원수임다! 그러니까 포기하세요~!"

"이, 이 건방진 게……!"

"제발…… 내 팔에서 싸우지 말아 줘…….

그런 세 사람을 보고 랜디가 음흉하게 웃었다.

"이상한 게 들어와서 또 한동안 시끌벅적하겠구만."

그리고 랜디가 문득 세레피나와 애니를 돌아봤다.

그 순간.

"……."

"……."

"저…… 나…… 아직 아무 말도 안 했는데요?"

차가운 눈을 한 애니와 세레피나의 지팡이와 레이피어가 좌우에서 X자로 교차에 랜디의 목을 받치며 밀어 올렸다.

에스토리아 마법 학원의 일상은 계속된다…….

―어떤 곳.

어둠 속에서 누군가가 말을 나눴다.

"겨우 미판명『비밀방』하나를 개방하려고 귀중한 마왕 유물을 하나 잃는 게 의미가 있나?"

―나는 그럴 가치가 있다고 판단한다.

―내가 판단하기로, 그『비밀방』은 우리 최종 목적을 위한 중요한 포인트 중 하나다.

어차피 이르든 늦든 그 방만은 개방해야만 했다.

"네 판단이 틀리지 않았기를 빌지. 그나저나 어떻게 할 텐가? 환생한 《땅거미의 마왕》 주변에 고룡종이 붙어 버렸어. 아무리 그래도 이건 실수가 아닌가? 이제 우리도《땅거미의 마왕》에게 쉽게 손대기 어려워졌어."

정말 그럴까?

반대로 말하면― 이번 사건으로 그 평범한 1학년 그룹을 학원의 모든 사람이 주목하게 됐다.

특히 현세《땅거미의 마왕》의 친구이자 이번에 고룡종을 정식 소환수로 삼은 그 유사《여명의 검사》소년― 릭스.

그 희귀한 존재를 둘러싸고 학원 내 다양한 파벌이 다양한 이해관계로 움직일 것이다.

학원 안뿐 아니다. 학원 밖에서도 간섭하는 자들이 분명히 나온다.

"……."

그는 태풍의 눈.

그 사건―『더드릭 참극』 이후 정체되어 교착 상태에 빠진 학원이 그를 중심으로 다시 격동한다.

그 혼돈의 격동이야말로 우리가 원하는 최대의 기회.

우리가 비원을 달성할 날도 의외로 가까울지도 모른다고, 나는 판단한다만?

"말처럼 된다면 좋겠지만…… 뭐, 그렇다고 치지. 지금 우리의 최고 지도자는 너다. 당분간 네 판단에 맡기겠다."

후후, 고마워.

"그런데 저번 캠벨 스트리트 사건도 그렇고, 이번 고룡종 사건도 그렇고, 너는 너무 과감하군. 솔직히 우리는 계속 조마조마하게 바라봤어."

결과는 하늘만이 안다. 그래서 재미있는 것 아닌가?

"뭐…… 너 정도의 실력자라면 대담해지는 것도 이해한다만……. 앞으로는 조금 더 신중하게 움직이길 권하지."

생각해 두겠다.

그대, 위대한 자의 은총이 있기를―.

이리하여 이 이야기는 끝났다는 것처럼 어둠 속 기척들은 그 어둠에 녹아들 듯 사라졌다.

————.

　에스토리아 마법 학원의 일상은 계속된다.
　하지만 그 뒤쪽의 어둠에서 끝을 알 수 없는 악의 또한 조용히 움직이기 시작했다—.

안녕하세요, 히츠지 타로입니다.

이번에 신작 『이것이 마법사 비장의 수』 2권! 출간이 결정되었습니다!

편집자님 및 출판 관계자 여러분, 그리고 이 책을 읽어주신 독자 여러분께 무한한 감사를 드립니다! 감사합니다!

히츠지가 이번 2권을 쓰면서 한 생각은…… 역시 마법 학원물은 재밌네! 였습니다!

이런 수업이 있으면, 이런 동아리가 있으면, 이런 친구들이 있으면, 이런 선배와 선생님이 있으면…… 마법 학원물은 즐겁게 망상의 나래를 펼치기 좋은 소재예요.

그 덕분에 에스토리아 마법 학원은 점점 혼란스러운 방향으로 나아가고 있지만요. 권수가 더 많아지면 이 학원은 대체 어떻게 될지……. 작가로서 그런 불안마저 있습니다(웃음).

그리고 라이트 노벨 2권의 공식? 정석적인 패턴인데, 2권부터 신 히로인 트랜이 등장합니다.

릭스와 같은 수준의 힘센 바보 캐릭이지만, 조금 무거운 배경과 비밀도 짊어진 캐릭터이며, 작가로서 상당히 재미있고 귀여운 캐릭터가 됐다고 생각합니다.

새로운 캐릭터를 내면 늘 불안한 점이 독자는 이 캐릭터를 받아들여 줄까, 좋아해 줄까입니다. 작가에게 캐릭터는 자기 자식 같은 거니까요……. 독자 여러분이 조금이라도 트랜을 좋아해 주시거나 재미있다, 귀엽다고 생각해 주시면 작가로서 매우 기쁘겠습니다!

이런 식으로 릭스와 친구들의 재미있고 신나는 학원 생활을 팍팍 써 내려갈 예정이오니 앞으로도 잘 부탁드리겠습니다!

그리고 X(옛 Twitter)에서 생존 보고도 하니까, 오셔서 쪽지나 리플로 작품 감상 및 응원 메시지라도 남겨 주시면 정말 감사하겠습니다. 제가 기고만장해져서 의욕 MAX가 될 겁니다. 사용자 아이디는 『@Taro_hituji』입니다.

그럼! 다음 권에서 또 만납시다!

히츠지 타로

이것이 마법사 비장의 수 2

초판 1쇄 발행 2026년 3월 10일

지은이_ Taro Hitsuji
일러스트_ Kurone Mishima
옮긴이_ 김장준

발행인_ 최원영
본부장_ 장혜경
편집장_ 김승신
편집진행_ 권세라 · 최혁수 · 김경민 · 최정민
편집디자인_ 양우연
국제업무_ 박진해 · 조은지 · 이지현 · 박지현
관리 · 영업_ 김민원 · 조은걸

펴낸곳_ (주)디앤씨미디어
등록_ 2002년 4월 25일 제20-260호
주소_ 서울시 구로구 디지털로 32길 30, 코오롱디지털타워빌란트 1301-1308호
전화_ 02-333-2513(대표)
팩시밀리_ 02-333-2514
이메일_ lnovellove@naver.com
ㄴ노벨 공식 카페_ http://cafe.naver.com/lnovel11

KORE GA MAHOTSUKAI NO KIRIFUDA Vol.2 RYU NO SHOJO
©Taro Hitsuji, Kurone Mishima 2024
First published in Japan in 2024 by KADOKAWA CORPORATION, Tokyo.
Korean translation rights arranged with KADOKAWA CORPORATION, Tokyo.

ISBN 979-11-278-8717-9 04830
ISBN 979-11-278-8268-6 (세트)

값 8,500원

©Koushi Tachibana, Tsunako 2025
KADOKAWA CORPORATION

마술탐정 토키사키 쿠루미 시리즈 1~2권

타치바나 코우시 지음 | 츠나코 일러스트 | 이승원 옮김

토키사키 쿠루미— 남들에게 이야기할 수 없는 과거를 지닌 여자 대학생.
그리고, 마술공예품 범죄를 전문으로 해결하는 탐정.
저격 불가능한 거리에서 발사되어, 탐정의 가슴을 꿰뚫은 『마탄(魔彈)』.
원인 불명의 연속 혼수상태 사건에 휘말린
인형 애호가들 사이에서 소문이 돌고 있는 『살아 있는 인형』.
회원제 고급 레스토랑에서 제공되는 1인분 500만 엔의 『젊어지는 요리』.
자살 미수 사건이 일어난 여학원에서 목격됐다고 하는 『또 하나의 자신』.
마술공예품에 의해 일어난 상식으로 가늠할 수 없는
불가사의한 사건들 앞에서, 쿠루미가 추리의 시간을 아로새긴다!

자— 저희의 추리를 시작하죠.

©Kotobuki Yasukiyo 2022
Illustration : JohnDee
KADOKAWA CORPORATION

아라포 현자의 이세계 생활 일기 1~16권

코토부키 야스키요 지음 | JohnDee 일러스트 | 김장준 옮김

정리해고 당한 후, 매일 밭을 돌보며 『제로스 멀린』으로서
게임에 빠져 살던 백수 아저씨, 오사코 사토시(40세).
오리지널 마법을 만들어 명실상부 톱 플레이어가 된 그는
최종 보스를 무난하게 공략하지만
로그인 중 발생한 어떤 사고로 생을 마감한다.
그는 홀로 죽었다고 생각했지만,
정신을 차리고 보니 거대한 산림 지대의 한가운데에 서 있었다.
이세계 여신의 말에 따르면 그는 게임 속 능력을 이어받아 전생했다고 한다.
대산림 지대에서 서바이벌을 거치고 전(前) 공작 노인과 만난 제로스는
현자로서 능력을 인정받아 마법을 쓰지 못하는 소녀의
가정교사 일을 의뢰받는데—?!
"나는 평온한 일상이 인생의 모토인데……."

마흔 살 현자의 이세계 생활 일기 개시!

라이트노벨의 새로운 빛! 느노벨의 신간은 매월 10일에 발매됩니다. http://cafe.naver.com/lnovel11

©Tsuzuro Hibi, Minori Chigusa 2025
KADOKAWA CORPORATION

시노와 렌 Future 1권

히비 츠즈로 지음 | 치구사 미노리 일러스트 | 박은빈 옮김

의젓하고 온화한 시노와, 보이쉬하고 활발한 렌은 연인 관계다.
어른이 된 두 사람은, 렌은 모델, 시노는 수학 교사가 되어서도 변함없이 서로를
사랑한다.
한편, 둘이서 지내는 시간은 고등학생 시절보다도 적어지게 되는데…….
"난 좀 더 시노와 함께 시간을 보내고 싶은데."
"……진짜 렌을, 만지고 싶어."
일을 마친 뒤의 바이크 데이트, 고급 호텔에서 비밀의 촬영회—
—만날 수 없는 만큼, 두 사람의 달콤한 시간의 농도는 짙어져 간다.

SNS 화제의 백합 커플
시노와 렌의 꽁냥 러브 스토리가 더욱 딥해진 소설화!

©Ryo Shirakome/OVERLAP
Illustration Takaya-ki

흔해빠진 직업으로 세계최강 1~14권, 단편집

시라코메 료 지음 | 타카야Ki 일러스트 | 김장준 옮김

『왕따』를 당하던 나구모 하지메는 같은 반 아이들과 함께 이세계로 소환된다.
차례차례 사기적인 전투 능력을 발현하는 반 아이들과는 달리
연성사라는 평범한 능력을 손에 넣은 하지메.
이세계에서도 최약인 그는 어떤 반 아이의 악의 탓에
미궁의 나락으로 떨어지고 마는데—?!
탈출 방법을 찾을 수 없는 절망의 늪에서
연성사로 최강에 이르는 길을 발견한 하지메는
흡혈귀 유에와 운명적인 만남을 이루고—.
"내가 유에를, 유에가 나를 지킨다. 그럼 최강이야. 전부 쓰러뜨리고 세계를 뛰어넘자."

**나락으로 떨어진 소년과 가장 깊은 곳에 잠들었던 흡혈귀가 펼치는
『최강』 이세계 판타지 개막!**

NOVEL